芭蕉

Basho

伊藤善隆

コレクション日本歌人選034
Collected Works of Japanese Poets

笠間書院

『芭蕉』

目次

01 月ぞしるべこなたへ入せ旅の宿 … 2
02 うかれける人や初瀬の山桜 … 4
03 きてもみよ甚べが羽織花ごろも … 6
04 天秤や京江戸かけて千代の春 … 8
05 あら何ともなや昨日は過ぎてふくと汁 … 10
06 かびたんも蹲ばはせけり君が春 … 12
07 枯れ枝に烏のとまりたるや秋の暮 … 14
08 櫓の声波ヲうつて腸氷ル夜や涙 … 16
09 芭蕉野分して盥に雨をきく夜かな … 18
10 世に経るもさらに宗祇の宿りかな … 20
11 花にうき世我酒白く食黒し … 22
12 野ざらしを心に風のしむ身かな … 24
13 猿を聞人捨子に秋の風いかに … 26
14 道のべの木槿は馬にくはれけり … 28
15 あけぼのや白魚しろきこと一寸 … 30
16 狂句こがらしの身は竹斎に似たるかな … 32
17 海暮れて鴨の声ほのかに白し … 34
18 春なれや名もなき山の薄霞 … 36
19 梅白し昨日や鶴を盗まれし … 38
20 山路来て何やらゆかしすみれ草 … 40
21 夏衣いまだ虱を取りつくさず … 42
22 古池や蛙飛びこむ水の音 … 44
23 花の雲鐘は上野か浅草か … 46
24 五月雨に鳰の浮巣を見にゆかむ … 48
25 朝顔は下手の描くさへ哀れなり … 50
26 月はやし梢は雨を持ながら … 52
27 旅人とわが名呼ばれん初時雨 … 54
28 何の木の花とは知らず匂ひかな … 56
29 春の夜や籠り人ゆかし堂の隅 … 58
30 雲雀より空にやすらふ峠かな … 60
31 蛸壺やはかなき夢を夏の月 … 62
32 おもしろうてやがて悲しき鵜舟かな … 64

33 俤や姨ひとり泣く月の友 … 66
34 行く春や鳥啼き魚の目は泪 … 68
35 夏草や兵どもが夢の跡 … 70
36 閑さや岩にしみ入る蟬の声 … 72
37 五月雨をあつめて早し最上川 … 74
38 蛤のふたみに分かれ行く秋ぞ … 76
39 初しぐれ猿も小蓑をほしげなり … 78
40 薦を着て誰人ゐます花の春 … 80
41 まづ頼む椎の木もあり夏木立 … 82
42 病雁の夜寒に落ちて旅寝かな … 84
43 都出でて神も旅寝の日数かな … 86
44 鶯や餅に糞する椽の先 … 88
45 朝顔や昼は鎖おろす門の垣 … 90
46 梅が香にのつと日の出る山路かな … 92
47 麦の穂を便りにつかむ別れかな … 94
48 数ならぬ身とな思ひそ玉祭り … 96
49 秋深き隣は何をする人ぞ … 98
50 旅に病んで夢は枯野をかけめぐる … 100

俳人略伝 … 103
略年譜 … 104
解説 「俳諧史における芭蕉の位置」――伊藤善隆 … 106
読書案内 … 113
【付録エッセイ】「や」についての考察――山本健吉 … 115

凡例

一、本書には、江戸時代の俳人松尾芭蕉の五十句を載せた。

一、本書は、芭蕉の生涯を追いながら発句を鑑賞することを特色とし、分かりやすさとその作風の変遷を解説することに重点をおいた。

一、本書は、次の項目からなる。「作品本文」「出典」「口語訳」「鑑賞」「脚注」「略歴」「略年譜」「筆者解説」「読書案内」「付録エッセイ」。

一、テキスト本文は、主として『松尾芭蕉集』①②（新編日本古典文学全集　小学館）に拠り、適宜漢字をあてて読みやすくした。

一、鑑賞は、一句につき見開き二ページを当てた。

芭蕉

01

月ぞしるべこなたへ入《いら》せ旅の宿

この明るい月を道しるべとして、どうぞこちらの私たちの旅の宿にお入り下さい。

【出典】寛文四年刊『佐夜中山集』

この句は、芭蕉が二十一歳のときに、刊行された俳諧撰集にはじめて掲載されたもの。いわばデビュー作である。

芭蕉は寛永《かんえい》二十一年（一六四四）、伊賀国上野《いがのくにうえの》赤坂町《あかさかまち》に生まれた。十三歳で父を喪い、その後、＊藤堂新七郎良精《とうどうしんしちろうよしきよ》に召し抱えられ、その子息である主計良忠《かずえよしただ》に仕えた。当時は松尾宗房《むねふさ》と名乗っていた。主君の良忠は、宗房より二歳年上で、蟬吟《せんぎん》と号して俳諧を好み、京都の＊北村季吟《きぎん》の指導を受けていた。

＊藤堂新七郎良精―藤堂家の伊賀付士大将、食録五千石。

＊北村季吟―江戸時代前期の歌人・俳人・古典学者。一七〇五年没。八十二歳。

季吟の師は*松永貞徳《ていとく》である。その貞徳一門の俳諧を貞門俳諧《ていもんはいかい》と呼ぶ。*俳言《はいごん》や縁語《えんご》・掛詞《かけことば》など、言葉遊びの要素を多く用いた上品な句風が特徴で、江戸時代の初め頃から、全国的に流行した。宗房も、おそらく蝉吟の影響で俳諧を始めたのであろう。やはり貞門風の句を作っている。

この句も謡曲《ようきょく》「*鞍馬天狗《くらまてんぐ》」の「奥は鞍馬の山道の花ぞしるべなる。こなたへ入らせ給へや」という詞章《ししょう》に拠り、原典の「花」を「月」（秋の季語）に変え、さらに「入らせ給」と「入らせ旅」の語呂合わせから、縁語仕立てで「宿」を導き出して、一句としては宿屋の客引きの言葉とした。

冒頭にも触れたが、この句は*松江重頼《しげより》が編集した『佐夜中山集《さよのなかやましゅう》』に、はじめて「松尾宗房」の名で載ったものである。同書にはもう一句「姥桜《うばざくら》さくや老後の思ひ出《いで》」が載っているが、この句もやはり謡曲の「*実盛《さねもり》」の詞章「老後の思ひ出これに過ぎじ」に拠り、「老後」と「姥桜」の縁語を趣向としている。

このように謡曲の詞章を句の中に裁《た》ち入れる詠み方は、万治《まんじ》期（一六五八～一六六一）に*西山宗因《そういん》によって始められ、当時大いに流行していた。まだ若い宗房も、こうした流行に敏感に反応していたのである。

*松永貞徳―江戸時代初期の歌人・俳人・古典学者。俳諧の普及に功績があった。一六五三年没。八十四歳。

*俳言―和歌・連歌では用いない俗語や漢語の類。

*鞍馬天狗―五番目物。宮増作か。鞍馬山の大天狗が牛若丸に兵法を授け、将来の助力を約束する。

*松江重頼―江戸時代前期の俳人。貞徳門。一六八〇年没。七十九歳。

*実盛―二番目物。世阿弥作。斎藤実盛の霊が現れ、白髪を墨で染めて奮戦し、討たれた有様を語る。

*西山宗因―江戸時代前期の連歌師・俳人。談林俳諧の指導者。一六八二年没。七十八歳。

02

うかれける人や初瀬《はつせ》の山桜《やまざくら》

【出典】寛文七年刊『続山井』

有名な初瀬の山桜が見事に咲いた。すると、それを眺めて、人々が浮かれ騒いでいることだよ。

いかにも春らしい情景だが、実はこの句を詠《よ》んだころ、順調に続くかと思われた宗房の仕官生活は、早くも終焉《しゅうえん》を迎えていた。寛文《かんぶん》六年（一六六六）に主君の良忠（蟬吟）が二十五歳の若さで没してしまったのである。宗房は、蟬吟の遺髪を高野山報恩院《こうやさんほうおんいん》に納めて菩提《ぼだい》を弔ったと伝えられる。

蟬吟没後の宗房の動静の詳細は不明で、京都に出て遊学したとも、禅寺に入って修行したとも言われている。しかし、この句を収録した『*続山井《ぞくやまのい》』を

【前書】初瀬にて人々花見けるに

*続山井―湖春編。寛文七年刊。発句・付句集。横本五冊。編者の湖春は季吟の長男で、のち幕府に召されて京都から江戸へ移住した。一六九七年没。五十歳。

始めとする当時の俳諧撰集に、宗房は伊賀上野《いがうえの》の住人として入集《にっしゅう》している。とすれば、やはり故郷の伊賀上野に留まって、俳諧の実力を着実に蓄えていたと推定するのが妥当であろう。

この句は、「百人一首」でも有名な源俊頼《としより》*の和歌「憂かりける人を初瀬《はつせ》の山おろしよ激しかれとは祈らぬものを」（千載集・恋二）をもじったもの。初瀬は奈良県桜井市東部の地名。観音信仰の霊場として名高い長谷寺《はせでら》があり、古くからの歌枕として知られ、桜、牡丹の名所でもあった。

俊頼の和歌は、叶《かな》わぬ恋の物憂い心情を詠んだもの。「憂かりける人」は自分につれなくする人、という意。どうか私の気持ちがあの人に通じますようにと初瀬の観音に祈ったが、あの人は相変わらず、冬の山おろしのように私に冷たく当たることだ、という歎きの歌である。

ところが、その「憂かりける」を一字変えただけで、「浮かれける」と正反対の意味にしてしまった。そして憂さの象徴である「山おろし」を、春の季語「山桜」に変えて、浮かれたのは花見に出かけてきた見物の人々である、と興じたのである。最小限の字句の改変で、和歌の雅《みやび》な世界を、全く異なる俗《ぞく》の世界に転じた意外性の面白さが、この句の工夫である。

＊源俊頼―平安後期の歌人。源経信の子。第五勅撰集『金葉集』の撰者。一一二九年没。七十五歳。

03

きてもみよ甚《じん》べが羽織《はをり》花ごろも

【出典】寛文十二年序『貝おほひ』

みごとな桜が咲きました。さあ、甚兵衛《じんべえ》さん、あなたも甚兵衛羽織《じんべえばおり》を花見衣装に着こんで、この花を見に来て下さいな。

この句は、寛文十二年（一六七二）序の『貝《かい》おほひ』に載る。『貝おほひ』は二十九歳の宗房が、伊賀上野の天満宮《てんまんぐう》に奉納した発句合《*ほっくあわせ》で、当時流行した小唄《うた》や六方詞《*ろっぽうことば》などを用いていることが特徴である。その洒脱《しゃだつ》な内容には、若々しい宗房の才気を感じさせる面白さがある。

この句の上五も、「きてもみよ」という当時の流行歌謡の歌い出しによく見られる表現を用いたもの。「着」と「来」は掛詞になっている。さらに中

＊発句合―歌合にならい、左右から発句をいくつか出させて、判者がその優劣を定めるもの。元禄期に流行した。句合ともいう。

＊六方詞―旗本奴や町奴、侠客などの用いた荒っぽい言葉。

七の「甚べが羽織」には、甚兵衛さんが羽織を着ることと、「甚兵衛羽織」を着ることが言い掛けてある。「甚兵衛羽織」とは、下級武士や庶民が用いる防寒用の胴着で、本来はラシャ*で作る陣羽織《じんばおり》を、木綿《もめん》で作って綿入れの袖無し羽織としたものである。

そして、下五の春の季語「花ごろも」は、着飾って花見に行くための衣装のこと。つまり、一句としては、甚兵衛羽織を着て花見においでよと、歌うように楽しく、甚兵衛さんに呼びかけた句に仕立てられている。

ところでこの頃、宗房は『*誹諧埋木《はいかいうもれぎ》』という作法書の伝授を季吟《きぎん》から受けている。これは、いわば俳諧の卒業証書で、宗房の俳諧修行が一通り終わったことを意味すると考えられる。

『貝おほひ』を奉納し、『誹諧埋木』の伝授を受けた芭蕉は、やがて故郷を離れて江戸へ下向《げこう》する。その時期はおそらく延宝《えんぽう》二年（一六七四）の冬か、翌年早々と考えられている。『埋木』の伝授や江戸下向の時期については異論もあるが、いずれにせよ、故郷での生活に区切りをつけ、いよいよ江戸で本格的に俳人としての活動を始めることになる。

*ラシャ―羅紗。厚地の毛織物。

*誹諧埋木―季吟著。明暦二年成、延宝元年刊。俳諧作法書。半紙本一冊。

04

天鈃《てんびん》や京江戸かけて千代の春

京都の春と江戸の春とを天秤にかけてみたら、きっとちょうど釣り合うことであろうよ。どちらも千年も続くような目出度さであることだ。

【出典】延宝四年刊『誹諧当世男《いまよう》』

一通りの俳諧修行を終えて、いよいよ江戸に下向《げこう》した宗房は、その後順調に活動を開始する。まず、江戸在住の俳人たちと交流し、やがて江戸俳壇のパトロン的存在であった陸奥磐城平《むついわきたいら》藩主内藤義概《よしむね》*（俳号風虎《ふうこ》）の俳諧サロンにも出入りするようになった。この句はその頃に詠んだ作品である。

折しも、江戸では談林《だんりん》俳諧が流行し始めていた。談林俳諧とは、貞門《ていもん》俳諧の穏やかさとは一線を画した自由闊達《かったつ》な俳諧で、大坂天満宮《てんまんぐう》連歌所の宗匠で

＊内藤義概―奥陸磐城平藩主。『夜の錦』『桜川』『志太の浮島』等の俳諧撰集を編集した他、和歌の家集に『左京大夫家集』がある。一六八五年没。五十七歳。

あった*西山宗因《そういん》を指導者として仰いでいた。この句の場合も、京都と江戸を天秤にかけるというスケールの大きな見立てが、談林風の影響である。

上五の「天秤《てんびん》」は、物の重さをはかる道具。江戸時代には、特に銀貨の重さを量るのに用いたため、商家にとっては必需品であった。そして中七の「かけて」は、天秤に「掛けて」の意と、京都も江戸も「共に」という意を表す「かけて」との掛詞である。さらに下五に置かれた春（新年）の季語「千代の春」には、「千代をかけて」の意を効《き》かせてあると解釈することができる。もちろん、実際に京や江戸が天秤に載るはずはない。こうした奇抜な発想が面白かったのである。

ところで、延宝三年（一六七五）五月には、大坂から江戸へ下向《げこう》した宗因を迎え、本所《ほんじょ》の大徳院《だいとくいん》磫画亭《しょうかくてい》で句会が開かれた。宗房もこの句会に同席し、この時はじめて「桃青《とうせい》」という号を使っている。

以後、桃青は談林風に傾倒する。とすれば、宗房から桃青への改号は、積極的に新風に取り組む意志表明という意味があったのだろう。この句も、延宝四年に刊行された*蝶々子《ちょうちょうし》編の『誹諧当世《いまよう》男』に、桃青の号で収録されたものである。

*西山宗因—01に既出。

*蝶々子—江戸時代前期の俳人。貞室門。紀伊和歌山の出身だが、江戸に出て活動した。生没年未詳。

05

あら何ともなや昨日《きのふ》は過ぎてふくと汁《じる》

【出典】延宝六年刊『桃青三百韻附両吟二百韻』

おお、何ともないぞ。昨日、河豚汁《ふぐじる》を食べて中毒になりはしないかと恐れたのだが、ああ良かった、ほっとしたことだ。

【語釈】○ふくと―「ふくと」は「河豚魚」で「河豚」に同じ。「ふぐと」とも。

＊立机―一人前の宗匠としてお披露目をすること。

＊伊藤信徳―元禄期の京都俳壇を代表する俳人。富商で通称は助左衛門。はじめ貞

談林調に転じ、改号した後も、桃青は順調に江戸で活動を続けた。そして、延宝五（一六七七）、六年頃には、宗匠として立机《りっき》＊したと推定されている。

その頃には、京都の俳壇とも意欲的な交流を始めている。すなわち、延宝五年冬から翌六年春まで、京都の伊藤信徳《しんとく》＊が江戸に下向《げこう》滞在し、芭蕉や素堂《そどう》＊と一座する機会があった。その成果を刊行したものが、『桃青三百韻 附《つけたり》 両吟二百韻』である。この句はその巻頭を飾った百韻＊の発句である。

上五の「あら何ともなや」は、「あら何ともなや候ふ」として謡曲によく出て来る表現。「船弁慶」「蘆刈《あしかり》」「海士《あま》」などに見える。謡曲の場合は、「つまらない、馬鹿らしい」といった意味になるが、ここは文字通り「何ともなかった」の意味で用いている。

下五「ふくと汁」とは冬の季語で、河豚《ふぐ》の肉を実《み》にした味噌汁。河豚は冬の味覚で、毒があって危険であるが、美味であるためよく食された。俗に「鰒《ふぐ》は喰《く》いたし命は惜しし」などとも言う。武士にとっては命を軽んじることになるとして、藩によっては河豚食を禁じていた。

つまり、一句としては、謡曲調の典雅な表現を用いながら、昨日食べてしまった河豚の毒にあたることを恐れる俗な気分を表現したものである。この表現と気分との落差の大きさが、この句の俳諧性である。

ところで、『桃青三百韻』は、桃青（芭蕉）・信章（素堂）・信徳の三人が江戸で詠んだ百韻三巻と、その前々年に桃青と信章の二人で詠んだ二百韻を収録して、江戸の本屋山内長七から刊行された。一方、信徳は、その百韻三巻の順序を入れ換え、自分が発句を詠んだ百韻を巻頭に据え、『江戸三吟』の名で京都の寺田重徳から刊行した。いわば、江戸と京都の俳人のコラボレーションである。

門の高瀬梅盛に師事するが、談林派に転じ、芭蕉たちと交流して蕉風確立に影響を与えた。一六九八年没。六十六歳。

＊素堂―江戸時代前期・中期の俳人。甲斐の人。山口氏。名は信章、後に素堂と号した。和漢の諸芸に通じた。江戸で芭蕉と親交を結び、自らも葛飾風の祖と仰がれた。また、郷里の濁川の治水工事に功があった。一七一六年没。七十五歳。

＊百韻―連句で百句続けたもの。

06

かびたんも蹲《つく》ばはせけり君が春

【出典】延宝六年刊『江戸通町《とおりちょう》』

目出度い春がやってきた。よく治まった御代には、将軍のご威光が海外にまで行き渡り、オランダから新年の挨拶に来たカピタンでさえも平伏させることだよ。

この句は延宝六年（一六七八）の歳旦《さいたん》*として詠まれた。原本には「かびたん」と濁点がついているが、これは普通「カピタン」（甲比丹）と呼ばれ、江戸時代に長崎出島に駐在していたオランダ商館の長を指す言葉である。この句は、その江戸参府《さんぷ》を題材にしたもの。

カピタンの江戸参府とは、長崎での貿易を許可された答礼として、商館長が江戸に上り、将軍に拝謁《はいえつ》して南蛮《なんばん》の献上物を差し出す行事をいう。毎年一

*歳旦―正月を祝って詠む句。

月に長崎を出発し、三月一日に将軍に謁見《えっけん》、江戸には二、三週間滞在した。宿舎は日本橋本石町《ほんこくちょう》長崎屋源右衛門方《かた》とするのが通例であった。寛永十年（一六三三）から年一回と制度化され、旅程は大名の参勤交代《さんきんこうたい》に準じて行われた。

中七の「蹲《つく》ばふ」は膝行《しっこう》平伏すること。かといって、これはオランダ人に対する敵対意識や蔑視《べっし》を表現したものではない。新春の目出度さを、カピタンの江戸参府という目新しい事象を用いて表現したのである。

季語は「君が春」で春（新年）。この言葉は、本来は天皇の御代《みよ》を祝う言葉であるが、ここでは将軍の御代に転用している。当然だが、芭蕉が江戸城中で、実際に謁見の様子を目にした筈はない。こうした想像を趣向としたところが談林俳諧らしい。

なお、芭蕉は翌年にも「*阿蘭陀《おらんだ》も花に来にけり馬に鞍」という句を詠んでいる。また同時期に、*井原西鶴《さいかく》たち談林派の先鋭的な俳風が、古風な貞門俳人たちから非難されたときに、「*阿蘭陀流」という言葉が使われたことも知られている。「阿蘭陀」や「カピタン」という言葉自体が、エキゾチックで珍しかったのである。

*阿蘭陀も…―言水編『江戸蛇之鮓《じゃのすし》』（延宝七年刊）所収の句。

*井原西鶴―江戸時代前期の俳人、浮世草子作者。大坂の富商の出身で、西山宗因に師事し、談林俳諧を牽引した。天和二年、浮世草子の始めとなる『好色一代男』を刊行し、小説史上に一時期を画した。一六九三年没。五十二歳。

*阿蘭陀流―『生玉《いくたま》万句』（寛文十三年成）の序文に西鶴が自ら記している言葉。

07

枯れ枝に烏《からす》のとまりたるや秋の暮

【出典】延宝九年刊『東日記』

枯れ枝に烏がやってきて止まっているぞ。あらためてみると、この情景からはいかにも秋らしい情趣を感じることができるではないか。

延宝八年（一六八〇）の作。この頃、芭蕉は順調に活動を続け、天和《てんな》二年（一六八二）に刊行される『*俳諧関相撲《せきずもう》』では、*三都の宗匠十八名の一人に数えられるなど、俳壇の中で注目される存在になりつつあった。

秋の烏《からす》といえば、「秋は夕暮。夕日のさして、山の端いと近うなりたるに、烏の寝所《ねどころ》へ行くとて、三つ四つ二つ三つなど、飛び急ぐさへ哀《あは》れなり」という『枕草子』の文章が連想され、烏が枯れ枝に止まっている光景といえば、

【語釈】○たるや―完了の助動詞「たり」の連体形に、感動の意を表す間投助詞「や」がついたもの。

＊俳諧関相撲―未達編。天和二年刊。俳諧評点集。横本三冊。未達の独吟歌仙に対する諸家の評点を刊行した

水墨画の「枯木寒鴉《こぼくかんあ》」という冬の画題が思い出される。それに対し、「秋の暮」の情趣を「枯れ枝の烏」に見出したのが、この句の俳諧性である。

　なおこの句は、後に『*あら野《の》』に収録される際に、「枯れ枝に烏のとまりけり秋の暮」と改案されている。初案の「烏のとまりたるや」は問答調の字余りで、弾んだ調子はいかにも談林調の好みである。それに対して「とまりけり」は、同じく字余りではあるが、純粋に*景気の句となっており、普通はこちらの形で親しまれている。

　なお、「秋の暮」は、晩秋という意味と秋の一日の夕暮という意味の二様に解釈できるが、この句を収録した『*東日記《あずま》』では「秋晩」、『あら野』では「中秋」とされているので、秋の夕暮と考えてよい。

　面白いことに、この句には「たるや」と「けり」と、それぞれの句形で書かれた画賛《がさん》がある。「たるや」とある方は、画者は不明で、早稲田大学図書館の所蔵。一本の木に二十七羽の烏が群れている所が描かれている。「けり」とある方は、弟子の*許六《きょりく》が画いたもので、出光美術館の所蔵。こちらは一羽の烏が木の枝に止まっている様《さま》が描かれている。それぞれの句から受けるイメージの違いを、視覚的に表現していて興味深い。

もの。なお、現存は上巻のみ、中・下巻は伝存不明。

＊三都―江戸時代の主要都市、江戸・京・大坂を指す。

＊あら野―荷兮《かけい》編。元禄二年刊。発句・連句集。半紙本三冊。俳諧七部集の第三集で、蕉風確立期の重要な撰集。

＊景気の句―景色や情景を写生的に、しかも知的な興趣を添えて詠み出した句。和歌・連歌から来た用語。

＊東日記―言水《ごんすい》編。延宝九年刊。発句・連句集。半紙本二冊。

＊許六―14参照。

08

櫓《ろ》の声波ヲうつて腸《はらわた》氷ル夜《よ》や涙

【出典】天和二年刊『武蔵曲《ぶり》』

冬の寒い夜、川を行き交う舟の櫓が波を打っている。その音を聴いていると、寒さが腹の底まで沁みてきて、余りの心細さに涙がこぼれることであるよ。

【前書】深川冬夜ノ感

延宝八年冬の句。延宝初年の江戸下向《げこう》以降、新進の宗匠として活躍していた桃青だったが、なぜか突然に、繁華な日本橋小田原町から、深川《ふかがわ》の物寂しい土地へと転居してしまう。それが延宝八年の冬であった。

この句、前書に「深川冬夜ノ感」とある。すなわち転居後の作品で、冬の夜の川の様子を、舟を漕いでいる寒々とした音で表現したものである。

表現上の特徴は、上五の漢文訓読のような破調《はちよう》にある。すなわち、聞こえてくる音は波の音と櫓の音の二つであるが、それを「櫓の音が波を打つ」と表現したところに工夫がある。また、その音を聞いている自分が感じる寒さを「腸氷る」と表現した言葉遣いも印象的である。季語は「氷」で冬。

さて、この転居の理由には諸説ある。不特定多数の人々を相手に俳句の添削や採点をしなければならない*点者《てんじゃ》生活に満足できなかったから、また談林俳諧の奔放《ほんぽう》さや遊戯性に限界を感じていたから、あるいは江戸市中で発生した火事で焼け出されてしまったから、などと考えられている。

たしかに、新境地を求めて臨川庵《りんせんあん》の*仏頂禅師《ぶっちょうぜんじ》に参禅したのはこの頃であり、さらに後年には「*点者をすべきよりは乞食をせよ」と述べていて、当時の俳諧や点者たちに飽き足らぬものを感じていたようだ。とすれば、この句の寂しく寒々とした情景から、世俗的欲望を捨てた芭蕉の心境を読み取ることができよう。

転居後の数年は、談林調からの脱皮を図り、漢詩文調《かんしぶんちょう》の試みを中心とした模索の時期に入っていく。この時期の句を収録する*『武蔵曲《むさしぶり》』から*『虚栗《みなしぐり》』に至る吟調は「天和調《てんなちょう》」と呼ばれるが、その模索はやがて『野ざらし紀行』や『冬の日』における蕉風の確立として結実していくことになる。

*点者生活—他人の句に評点を加え、その謝礼を受け取って生業とすること。すなわち、職業俳人としての生活。

*仏頂—鹿島根本寺住職で深川臨川寺開山。「鹿島紀行」の旅では、芭蕉を根本寺に迎えている。一七一五年没。七十三歳。

*点者を……—普安編『石舎利《いしじゃり》集』(享保十年刊)に見える芭蕉の言葉。

*武蔵曲—千春編。天和二年刊。発句・連句集。半紙本一冊。

*虚栗—其角編。天和三年刊。発句・連句集。半紙本二冊。

09

芭蕉野分《のわき》して盥《たらひ》に雨をきく夜《よ》かな

【出典】天和二年刊『武蔵曲』

吹きすさぶ野分の中の草庵、その草庵の小さな闇の中に独居して、愛する芭蕉の木が激しく吹き破られる葉音にじっと堪えていると、盥《たらい》にひびく雨漏りの音がひとしお身に沁みて感じられることだ。

【前書】茅舎ノ感

深川転居後、延宝八年の冬に、門人の*杉風《さんぷう》の援助によって、桃青は新しい庵に移った。やがて、やはり門人の李下《りか》から芭蕉の株を送られたことに因み、その庵を芭蕉庵と号するようになった。そして、この句を収録した*『武蔵曲』ではじめて「芭蕉」という号を用いている。この時期は、いよいよ蕉風に移行しようという頃で、この句にもまだ字余りや漢詩文調など、談林風の影響が残っている。

*杉風―杉山氏。江戸小田原町で魚御用商を営んだ富商。屋号は鯉屋。延宝初期に芭蕉に入門。以来後援者としても芭蕉に尽くした。蕉門十哲の一人。一七三二年没。八十六歳。

すなわち「芭蕉野分して」という上五の漢文訓読的な字余りの重々しさが特徴的で、貧しくも風雅を求める生活の緊張感がよく表れている。季語は「野分」で秋。七、八月頃吹く暴風を言う。この句では「野分す」と動詞にして用い、庭の芭蕉の葉が激しく風に吹き揺れる様を言っている。

この「盥」は、洗濯用の大きな盥ではなく、洗面用の小盥《こだらい》、手水《ちょうず》盥のようなものであろうとする説もある。いずれにしても、この盥は庵の雨漏りの水を受け止めるために用いられている。

なお、この句には「*老杜茅舎破風《らうとばうしゃはふう》の歌あり。*坡翁《はをう》ふたたびこの句を侘びて屋漏《をくろう》の句作る。その夜の雨を芭蕉葉に聞きて、独寝《ひとりね》の草《くさ》の戸」という前書を記した芭蕉の*真蹟《しんせき》があったという。そうだとすれば、杜甫《とほ》の「秋風破屋《はおく》ノ歌」、また蘇軾《そしょく》の「朱光庭雨《ていう》ヲ喜ブニ次韻ス」の両詩に発想を得て詠んだ句ということになる。つまり、茅屋《ぼうおく》での感慨を詠んだ中国の詩人たちの詩的伝統を踏まえながら、「盥に雨を聞く」という新しい趣向を打ち出した点に俳諧性がある。

しかし、この芭蕉庵も、天和二年十二月に火災の被害に遭い、類焼してしまう。芭蕉は、弟子の*高山麋塒《びじ》を頼って、しばらく甲州の地を訪れている。

*武蔵曲―08に既出。

*老杜―盛唐の詩人、杜甫のこと。その「秋風破屋ノ歌」に、「八月秋高クシテ風怒号シ、我ガ屋上ノ三重ノ茅ヲ巻ク…牀牀屋漏リテ乾ケル処無ク、雨脚麻ノ如ク未ダ断絶セズ」とある。

*坡翁―北宋の文人、蘇軾(蘇東坡)のこと。その「朱光庭雨ヲ喜ブニ次韻ス」に「破屋常ニ傘ヲ持ス」とある。

*真蹟―その人が書いたと確実に認められる筆跡、真筆。なお、この真蹟のことは、兎柳編『伊勢紀行』(安永三年跋)に載る。

*高山麋塒―甲斐谷村藩家老高山伝右衛門繁文。一七一八年没。七十歳。

10

世に経《ふ》るもさらに宗祇《そうぎ》の宿りかな

人生を仮そめの宿りと達観した先人に、かの宗祇がいる。その宗祇のように、私もこの笠を宿りとして、流離漂泊の生涯を送ろうと思う。

【出典】天和三年刊『虚栗《みなしぐり》』

天和二年（一六八二）の作。この句は、実は*宗祇《そうぎ》の連歌発句「世にふるもさらに時雨《しぐれ》の宿りかな」を踏まえており、その「時雨」を「宗祇」に置き変えただけの仕立てである。さらに、その宗祇の発句は、*二条院讃岐《さぬき》の「世にふるは苦しきものを槇《まき》の屋に安くも過ぐる初時雨かな」（新古今集・巻六・冬）という和歌を踏まえたものである。讃岐の和歌は「降る」と「経る」が掛詞となっている。つまり、パラパラと降って通り過ぎて行く時雨と、世を経る

【前書】手づから雨の侘び笠をはりて

＊宗祇―室町時代後期の連歌師。宗砌、心敬に師事し、東常縁から古今伝授を受けた。北野連歌会所奉行、将軍家宗匠を務め、京都の種玉庵に貴顕を迎えて連歌会

ことの苦しさとを対比的に表現したものである。
それに対して、宗祇の句は、人生を仮そめの宿りとする無常観《むじようかん》が句の基調になっている。つまり、「時雨の中での宿りは侘びしいものであるが、考えてみれば人生そのものが時雨の過ぎるのを待つ雨宿りのように侘びしいものではないか」という句意である。
そして、それを踏まえた芭蕉の句は、「こうして世の中を生き永らえているのも、たしかに宗祇が言うとおり、時雨の宿りに他ならない。私も宗祇に倣《なら》って、手づから貼ったこの笠をかぶって漂泊の旅に出てみよう」という意味になる。つまり、宗祇の無常観を、旅立ちへの憧れを謳った風狂《ふうきよう》の表現へと、すっかり変えてしまったのである。なお、芭蕉の句には季語が詠みこまれていないが、あえて言えば宗祇の句に見える「時雨」の冬であろうか。
この句を収録する『*虚栗《みなしぐり》』は天和三年に刊行された。これは、翌貞享《じようきよう》元年（一六八四）の『野ざらし紀行』『冬の日』における蕉風の確立へとつながる重要な撰集で、この撰集の作風は「虚栗調《みなしぐりちよう》」と呼ばれている。あるいは二年前の『*俳諧次韻《はいかいじいん》』と本書の作風を合わせて、「天和調《てんなちよう》」と呼ぶ場合もある。

を開き、越後の上杉氏や周防の大内氏らの招きに応じて下向するなどした。編著に『新撰菟玖波集』など。一五〇二年、旅の途中、箱根で没した。八十二歳。

*二条院讃岐—平安末期・鎌倉時代の歌人。源頼政の娘。一二一七年頃没。七十七、八歳か。

*虚栗—08に既出。

*俳諧次韻—桃青編。延宝九年刊。連句集。半紙本一冊。同じ年に京都の信徳が刊行した『七百五十韻』に触発され、芭蕉たちが出版したもの。

11

花にうき世我酒白く食黒し

花にうき世《よ》我《わが》酒白く食《めし》黒し

【出典】天和三年刊『虚栗』

花見に浮かれ遊び歩く世間に比べると、私は白い濁り酒を呑み、黒い玄米を食べている。そういう貧しい暮しをした方が、昔の詩人たちの本当の気持ちがよく分かるのだよ。

【前書】憂ヘテハ方《まさ》ニ酒ノ聖ヲ知リ、貧シテハ始テ銭ノ神ヲ覚《さと》ル

天和三年（一六八三）春の作。芭蕉庵は前年の十二月に火災の被害に遭い、類焼してしまう。芭蕉は、門人であった甲斐谷村《やむら》藩家老の高山麋塒《びじ》を頼って甲州の谷村に移ったが、翌三年五月には江戸に戻った。

さて、この句も『虚栗《みなしぐり》』に載っている。『虚栗』の吟詠《ぎんえい》にはまだ未熟な表現が残るものの、漢詩文《かんしぶん》調《ちょう》や破調《はちょう》を主として、新たな世界を拓《ひら》こうとした意図を窺うことができる。この句も、上五「花に浮世」が字余《じあま》りである。

この句に付された前書《まえがき》は、*白居易《はっきょい》の「草合ヒ門ニ径《みち》ナク、煙消エ甑塵《そうじん》アリ。憂ヘテ方《まさ》ニ酒ノ聖ヲ知リ、貧《ひん》シテ始メテ銭神ヲ覚《さと》ル」（白氏文集・巻十七）という詩句に拠っている。憂えた時にはまさに酒の尊さが分かり、貧した時にはじめて金銭の大切さを知る、といった意味。季語は「花」で春。句中の「うき世」は、前書の「憂」と「貧」を受けて詠まれたものだが、「花に」とあるから、「憂世」ではなく「浮世」である。さらに濁り酒と玄米を白と黒の対比で表現したことで、貧しい食生活でありながら、それに興じている趣きが感じられる。

とすれば、この句は、生活の貧しさを詠んだものでありながら、その詠み方に暗さがない。漢詩文の世界を踏まえつつ、貧しさを面白いものに詠み変えてしまう手法には、「世に経るもさらに宗祇の宿りかな」の句と共通する風狂性が認められよう。こうした試みが、貞享期に入って『野ざらし紀行』『冬の日』で確立される蕉風俳諧特有の風狂性に発展していくのである。

この年の冬、芭蕉は再建された芭蕉庵に入った。その折の吟として伝わる句は「*霰《あられ》聞くやこの身はもとの古柏《ふるがしは》」というもので、芭蕉の自省の感慨が強く示された句になっている。芭蕉はこの時、四十歳であった。

＊白居易―中唐の詩人。字は楽天。平易通俗な言葉で、巧みに諷刺を盛り込んだ詩を詠んだ。日本に伝来した『白氏文集』は広く読まれ、「新楽府」「長恨歌」「琵琶行」などは特に有名。八四六年没。七十五歳。

＊霰聞くや…―梅人編『続深川集』（寛政三年序）所収句。編者の梅人は三河田藩士で、杉風の採茶庵を継承し『杉風句集』を編んだ。一八〇一年没。五十八歳。

12

野ざらしを心に風のしむ身かな

【出典】貞享二年頃成『野ざらし紀行』

旅行中に行き倒れ、風雨にさらされた白骨となっても、と覚悟して旅に出るわが身に、折からの秋風が沁みることであるよ。

貞享元年（一六八四）八月、芭蕉は『*野ざらし紀行』の旅に出発する。その旅立ちにあたって詠んだのがこの句である。この句には、西行や宗祇、杜甫《とほ》などの、旅に生き、旅に死んだ先人たちの営みに倣《なら》おうという気持ち、すなわち自分の文学を旅の体験によって見出そうという意志が込められている。「野ざらしを心に」は、その決意表明である。「野ざらし」とは、風雨に晒《さら》された白骨である。つまり死を覚悟して旅立つというのである。

【前文】貞享甲子《きのえね》秋八月、江《かう》上《しやう》の破屋《はをく》を出づるほど、風の声、そぞろ寒げなり。

*野ざらし紀行―芭蕉著。貞享二年頃成。芭蕉の最初の紀行作品。書名は自筆本に書かれていないので、『草

この句の表現上の工夫は、秋の季語「身にしむ」を「心に風のしむ」と仕立て直したところにある。「身にしむ」は、俊成の「夕されば野辺《のべ》の秋風身にしみて鶉鳴くなり深草の里」（千載集・巻四・秋歌上）などのように、和歌では秋の物思いを表わす表現である。この「身」とは、肉体としてのわが身を指すと同時に、わが境涯、わが身の上をも指す言葉である。

『野ざらし紀行』の旅は、東海道を上り、伊賀・大和・吉野・山城・美濃・尾張を巡歴、伊賀で越年した後、木曽・甲斐と通って、貞享二年四月に江戸に戻るという、長い行程であった。直接的な目的は、大垣の*木因《ぼくいん》の招きに応じることであったが、もう一つの目的は、前年に亡くなった母親の墓参《ぼさん》を果たすことであった。旅行中は、門人の*千里《ちり》が同行して芭蕉の面倒を見ている。また、旅の途次、尾張名古屋では芭蕉七部集の第一となる『冬の日』が成るなど、この旅は蕉風開眼《かいがん》の契機となった重要なものであった。

面白いことに、冒頭で述べられたこの決意が、貞享元年九月下旬に大垣の木因の許に到着した際には、「死にもせぬ旅寝の果てよ秋の暮」と、素直な感慨へと変化している。このように、前半と後半とで、吟調が次第に変わっていくことも、『野ざらし紀行』の特徴の一つである。

枕』『芭蕉翁道之記』『野ざらしの集』『野晒紀行』『甲子吟行』などと呼ばれてきたが、現在は『野ざらし紀行』とするのが一般的。いくつかの伝本があるが、貞享二年から、おそくとも貞享四年秋頃までには成稿したと考えられている。

*木因―谷氏。美濃大垣で船問屋を営む。大垣蕉門の中心的俳人。編著に『桜下文集』など。一七二五年没。八十歳。

*千里―苗村氏。大和竹内村の人で、江戸浅草に寓居。通称は粕屋甚四郎。一六九六年没。六十九歳、七十二歳の両説がある。

13

猿を聞《きく》人《ひと》捨《すて》子《ご》に秋の風いかに

【出典】貞享二年頃成『野ざらし紀行』

猿の泣き声を聞いて詩を作った昔の風流な詩人たちよ。この捨子の泣き声を秋の風とともに聞いたら、さあどうする。

『野ざらし紀行』の旅の途次、富士川で詠んだ句。富士川は日本三大急流の一つ。その川べりに捨てられていた三歳ばかりの捨子を見て、昔の中国の詩人たちだったらどうするかと呼びかけた句。芭蕉には珍しく、激しい感情を絞り出すように吐きだしている。冒頭の「野ざらし」の句と共に、芭蕉の覚悟が並々ならぬことを示している。

前文後半の「小萩《こはぎ》がもとの秋風」というのは、『源氏物語』桐壺《きりつぼ》巻で、桐

【前文】
富士川の辺《ほと》りを行くに、三つ計《ばか》りなる捨子の哀れげに泣くあり。この川の早瀬にかけて憂世の波を凌《しの》ぐに堪へず、露計《ばか》りの命を待つ間《ま》と捨て置きけむ、小萩《こはぎ》がもとの秋の風、今宵や散るらん明日や萎《しほ》れんと、袂より

壺帝が幼ない光源氏を案じて詠んだ「宮城野《みやぎの》の露吹きむすぶ風の音に小萩がもとを思ひこそやれ」による表現で、風が小萩を散らしてしまうことに、寒さでこの捨子が命を散らしてしまうことを譬《たと》えたもの。

この句の上五「猿を聞人」とは、中国の多くの漢詩人たちが猿の鳴き声を聞いて詩を作ってきた伝統を踏まえている。例えば白楽天の「三声ノ猿ノ後ニ郷涙ヲ垂《た》ル」（和漢朗詠集・下・猿）、杜甫《とほ》の「猿ヲ聴キテ実《じつ》ニ下ル三声ノ涙」（杜律集解《とりつしっかい》・七言下）などの詩句が有名である。猿の鳴き声にはいわゆる「*断腸《だんちょう》」の故事もある。母と子の愛情を語る説話で、中国の詩人たちが猿声に涙するのも、その底流に故郷の母を慕う恩愛の情があるからである。

そもそも、この一段には、芭蕉が捨子をあえて見捨てたというショッキングな要素がある。これについては、西行が出家に当たって妻子を捨て去ったという説話に倣って、ここに捨子の話を取り上げたとする説、また当時芭蕉が信奉していた『*荘子《そうじ》』の思想を踏まえ、恩愛の情を否定して天命随順の思想を披瀝《ひれき》したとする説がある。

いずれにせよ、この句が示す非情さは、この旅に賭ける芭蕉の意気込みである。旅によって、自分の新たな文学を見出だそうとしていたのである。

【後文】
喰物《くひもの》投げて通るに、
いかにぞや汝《なんぢ》、父に悪《にく》まれたるか、母に疎《うと》まれたるか、父は汝を悪むにあらじ、母は汝を疎むにあらじ。ただこれ、天にして汝が性《さが》の拙《つたな》きを泣け。

*断腸―晋の桓温《かんおん》が三峡を旅した時、従者が子猿を捕えた。悲しんだ母猿が岸辺伝いに百余里も追ってきて、ついに船に飛び移ったが息絶えた。その腹を割くと、腸がずたずたにちぎれていたという。（世説新語《せせつしんご》）

*荘子―中国戦国時代の荘周の著とされる。『老子』と並んで重要な老荘思想の書。虚無を宇宙の根源とみて、無為自然の道を説いた。

14

道のべの木槿《むくげ》は馬にくはれけり

【出典】貞享二年頃成『野ざらし紀行』

馬に乗っているうち、ふと道端の木槿《むくげ》の花に目がとまった。すると、ちょうどその途端、馬がその木槿をパクリと食べてしまったことだ。

【前書】馬上吟

貞享元年（一六八四）秋、『野ざらし紀行』の途中での作。大井川から小夜《さよ》の中山へ至る道でのこと。馬に揺られて道を辿っていくと、人家の垣根に咲く木槿《むくげ》の花が目にとまった。すると、乗っていた馬が、その花をひょいと食べてしまった、というそれだけの句である。

しかし、この句への評価は、当時から高かった。たとえば、*素堂《そどう》はこの紀行に寄せた序文の中で「山路来て何やらゆかし菫草《すみれぐさ》」とこの句とを、「この

*素堂―05に既出。

吟行の秀逸なるべけれ」と賞賛している。また*許六《きょりく》は『歴代滑稽伝《こっけい》』の中で、「終《つひ》に談林を見破り、はじめて正風体《しやうふうたい》を見届け、躬恒《みつね》、貫之《つらゆき》の本情を探りて、始めて、道野辺の木槿は馬に喰はれたりと申されたり」と述べている。つまり、大袈裟《おおげさ》な措辞《そじ》や漢詩文調を脱した点が、はじめて談林調を克服したものと評価されたのである。

季語は「木槿」で秋。人家や畑の生垣に用いられることが多い。夏から秋にかけて、白・淡紅色・淡紫色の葵《あおい》に似た花をつける。もともと漢詩の題材として詠まれることが多く、和歌や連歌で詠まれることは少ない。このムクゲを、馬が好んで食べるススキやイナバ、ササゲなどに置き換えると、当たり前に過ぎて、面白味が半減する。ムクゲが咲いていて、それを馬が食べたという何でもない意外性が、この句の俳諧性である。

この句の解釈には、白居易の「槿花《きんか》一日自《おの》ヅカラ栄ヲナス」という詩句を踏まえて槿花の栄のはかなさを寓したものとする説や、「出る杭は打たれる」という諷戒《ふうかい》の意をこめたとする説がある。しかし、そうした寓意《ぐうい》の説を取らなくても、この句は充分に面白く印象的である。「馬上吟《ばじょうぎん》」という前書は、そうした寓意説を回避するためにあえて付けたものとする説もある。

＊許六—森川氏。近江彦根藩士。芭蕉晩年の弟子で、蕉門十哲の一人。芭蕉没後、去来らと俳論をかわし、蕉風の理論化に努めた。画をよくし、「奥の細道行脚像」などを残している。一七一五年没。六十歳。『歴代滑稽伝』は、没年の正徳五年に刊行された俳諧史論。

15

あけぼのや白魚《しらうを》しろきこと一寸《いつすん》

【出典】貞享二年頃成『野ざらし紀行』

明け方の淡い光の中、まだ一寸ほどの白魚が泳ぎまわっているのが見える。銀白色の細い体が美しいことだ。

貞享元年（一六八四）冬、やはり『野ざらし紀行』の旅の途上、桑名の浜辺での句。薄雪にまぎれる小さな白魚の印象を詠んだ句である。

この句、＊木因《ぼくいん》の『桜下文集《おうかぶんしゅう》』には「海上に遊ぶ日は、手づから蛤をひろふて、白魚をすくふ。逍遥、船に余りて、地蔵堂に書す」と前書して、「雪薄し白魚しろきこと一寸」の句形で載る。すなわち、これが初案である。ただし、この句形であると、一句が早朝の句であることがはっきりしない。そ

【前書】草の枕に寝飽きて、まだほの暗き内に浜の方《かた》に出でて

＊木因―12に既出。『桜下文集』は、その俳文集。

＊支考―各務《かがみ》氏。蕉門十哲の一人。美濃の人。芭蕉没後、蕉風の普及に努め、美

れに、雪の白さと、白魚の白さとが重なり合ってしまい、一句の焦点が定まらない欠点がある。芭蕉自身も初案の「雪薄し」については、「口惜し」、「無念の事なり」と悔やんでいたことが、*支考《しこう》の『*笈日記《おいにっき》』や*土芳《どほう》の『*三冊《さんぞう》子《し》』に見える。そのため、それを改案して「あけぼのや」という上五にしたのである。

「雪薄し」から「あけぼのや」とすると、浜辺の薄明の広々とした情景を詠《よ》んだ句となる。初案と比べると、こちらの方が、刻々と変化する朝の太陽の微妙な光の様子までもが想像される句となる。

白魚は河口に生息する小魚で、体長は約一〇センチ。細長く、水中では体色は透明ないし、やや青みを帯びた銀白色である。

また、「一寸」としたのは、素堂が書いた『野ざらし紀行』の序文によれば、杜甫の詩「*白小」の「白小群分ノ命、天然二寸ノ魚」の表現に拠ったものという。また、桑名地方の俚言《りげん》には「冬一寸春二寸」とあるとのことなので、これを聞いた芭蕉が句に取り入れたのかもしれない。いずれにしても、白魚を「しろきこと一寸」と印象的に表現したところが一句の眼目である。季語は「白魚」。本来は春であるが、「白魚一寸」で冬季として解釈されている。

濃派と呼ばれる一大勢力を築いた。一七三一年没。六十七歳。

*笈日記―支考編。元禄八年序。俳諧追善集。半紙本三冊。書名は、芭蕉臨終の前後を日記風に記したことによる。芭蕉の遺文・遺吟を集め、諸家の追悼吟を収録する。

*土芳―服部氏。伊賀上野の人。伊勢津藩伊賀上野城付藩士。伊賀蕉門の中心的俳人で、幼少期に芭蕉と親交があった。一七三〇年没。七十四歳。

*三冊子―土芳著。元禄十五年成。俳論書。「しろさうし」「あかさうし」「わすれ水」の三部を、後に総称したもの。写本で伝わったが、安永五年に刊行された。

*白小―白魚のこと。

16

狂句《きょうく》こがらしの身は竹斎《ちくさい》に似たるかな

【出典】貞享元年刊『冬の日』

風狂の句を作りつつ木枯《こがら》しに吹かれたわが身の有様は、なんとあの竹斎に似ていることだろうか。

『野ざらし紀行』の途中、名古屋に立ち寄った芭蕉は、尾張の俳人である荷兮《かけい》・野水《やすい》・重五《じゅうご》・杜国《とこく》・正平《しょうへい》らの連中と一座した。その折に詠んだ*歌仙《かせん》五巻と追加六句を収録して刊行されたのが『冬の日』である。その作品世界は風狂性と詩的緊張を特徴とし、いわゆる「*俳諧七部集」の第一とされる。その巻頭の歌仙の発句として、尾張名古屋の連衆への挨拶として詠まれたのがこの発句である。季語は「こがらし」で冬。

【前書】笠は長途《ちょうど》の雨に綻《ほころ》び、紙衣《かみこ》は泊り泊りの嵐に揉《も》めたり。侘《わ》び尽したる侘《わび》人《びと》、我さへ哀れに覚えける。昔、狂歌の才子、この国に辿りし事を、ふと思ひ出でて申し侍る

*歌仙―連句で三十六句続け

「竹斎」は、江戸時代の初期に刊行されて人気を博した仮名草子『＊竹斎《ちくさい》』の主人公の名。竹斎も物語の中で尾張の国を訪れ、狂歌を詠んでいる。その竹斎に自分をなぞらえて、名古屋の連衆への挨拶としたのである。

この発句に対して、野水は「誰《た》そやとばしる笠の山茶花《さざんか》」と脇句をつけ、「この木枯しの吹く中を、笠に山茶花の花弁を付けてやって来たのはどなたでしょうか」と応じたのである。

他にも、荷兮の第三「有明の主水《もんど》に酒屋つくらせて」には「有明の主水」という架空の人物を、また、杜国の「しばし宗祇の名を付し水」と荷兮の「笠ぬぎて無理にもぬるる北時雨」の＊付合《つけあい》には、宗祇の名前の付けられた名水でわざわざ笠を脱いで北時雨に濡れる酔狂な人物を、さらに、重五の「日《じつ》東《とう》の李白が坊に月を見て」と荷兮の「巾《きん》に木槿をはさむ琵琶打」の付合には、日本の李白と呼ばれる人の家で襟元に木槿の花を挿して興じている琵琶法師を登場させるなど、超俗的な面影を持つ風流人を描くことが多い。こうした点が『冬の日』の吟調の特徴で、「風狂」というポーズをとりながら、従来の過渡的な漢詩文調から脱皮した点が高く評価される。「蕉風開眼の書」、あるいは「蕉風俳諧確立の書」と呼ばれる理由である。

たもの。三十六歌仙に因んでこう呼ぶ。発句はその最初に置かれる句。

＊俳諧七部集―「芭蕉七部集」とも。『冬の日』『春の日』『あら野』『ひさご』『猿蓑』『炭俵』『続猿蓑』の七つの撰集。

＊竹斎―仮名草子。富山道冶著。元和末年頃成。藪医者の竹斎が、にらみの介という下僕を供に、滑稽を演じながら京から江戸に下る物語。尾張には「天下一の藪医師」と看板を掲げて三年いたことになっている。

＊付合―連歌や連句で前句に次の句を付けること。また、前句と付句の二句を合わせて言う。

17

海暮《く》れて鴨《かも》の声《こゑ》ほのかに白し

【出典】貞享二年頃成『野ざらし紀行』

海辺も日暮れを迎え、周囲の景色も宵闇の中に沈もうとしている。すると、どこからか、かすかに鴨の声がほのの白く聞こえてきた。

【前書】海辺に日暮らして

貞享元年（一六八四）、『野ざらし紀行』の旅の途次、尾張熱田《あつた》の海岸で詠まれた句である。季語は「鴨」で冬。鴨はガンカモ科のうち、ガン類、ハクチョウ類以外の比較的小形の水鳥の総称。日本には冬季に北地から渡来し、春に北地に帰るものが多いので、冬の季語に分類される。熱田は現在の名古屋市南部の地名。熱田神宮の門前町で、単に宮とも呼ばれた。江戸時代の東海道は名古屋を経由せず、熱田と桑名《くわな》の間は、東海道唯一の海路である七里の渡しで結ばれていた。また佐屋路《さやじ》や美濃路など脇街道の分岐点でもあったため、熱田は東海道最大の宿場町、港町として賑わいを見せた。

この句の特徴は、まず五・五・七という破調にある。次に、本来は聴覚である「鴨の声」を「白し」と視覚に転じた点にある。この「白し」という言葉は、本来は冬の海の日暮れの景色の微妙な色感を指している。とすれば、普通は「海暮れてほのかに白し鴨の声」とするところである。そうすれば、五・七・五となり、破調にはならない。

しかし、そうすると、「海暮れてほのかに白し」と直接的に「海が白い」と表現することになってしまい、「白し」という言葉のイメージが限定されてしまう。そこで「鴨の声ほのかに白し」と語順を入れ替えたわけである。そうすることで、鴨の声までも含んだ冬の海の景色が「白し」と表現され、印象的な言葉の使い方になったのである。

なお、別にこの句を収めている『皺筥物語《*しわばこ》』では「尾張の国熱田にまかりける頃、人々師走《しはす》の海みんとて船さしけるに」という前書がある。わざわざ冬の海を見るために船を出したところに、当時の芭蕉が重んじた風狂性が感じられる。

＊皺筥物語―東藤《とうとう》編。元禄八年跋。発句・連句集。大本一冊。尾張熱田に関係のある芭蕉の遺吟を中心に編集されている。

18

春なれや名もなき山の薄霞《うすがすみ》

【出典】貞享二年頃成『野ざらし紀行』

ああ、春が来たのだなあ。向こうのあの名も知らない山々にも春霞がたなびいて見えることだよ。

【前書】奈良に出づる道のほど

この句も『野ざらし紀行』中の作品で、伊賀上野から奈良へ向かう途中の句として載っている。貞享二年（一六八五）の吟。季語は「霞」で春。

上五「春なれや」は謡曲に倣《なら》った措辞で、「や」は軽い詠嘆を示す。すなわち、謡曲にはこの「〜なれや」という用例が多い。例えば「高砂《たかさご》」に「枝を鳴らさぬ御代なれや」、「弓八幡《ゆみやわた》」に「波しづかなる時なれや」、「誓願寺《せいがんじ》」に「げに安楽の国なれや」などと見える。そのほとんどが詠嘆の意味である。

また、芭蕉が慕った西行《さいぎょう》にも「花も散り涙ももろき春なれや又やはと思ふ夕暮の空」（西行法師家集・春）という和歌がある。つまり、こうした表現は、芭蕉がみずからを中世の旅の僧や能*のワキ僧になぞらえようとしていたことの反映であると考えられる。

さて、奈良の香具山《かぐやま》*や佐保山《さほやま》*に春霞を詠むことは、和歌では昔からの伝統であった。例えば、柿本人麻呂の「久方の天《あま》の香具山この夕べ霞たなびく春立つらしも」（万葉集・巻第十・春雑歌）や、後鳥羽院《ごとばいん》の「ほのぼのと春こそ空に来にけらし天の香具山霞たなびく」（新古今集・巻第一・春歌上）などがある。この句は、それを「名もなき山」と言ってみせたところに俳諧性がある。『野ざらし紀行』の後半には、この句のように、嘱目《しょくもく》の景物を素直に詠んだ句が見られるようになる。つまり、旅の前半の漢詩文調を脱して、しだいに閑寂《かんじゃく》な「わび」の世界が表現されてくるようになると言われる理由である。こうした俳風の変化は、芭蕉みずからが実際に旅をすることによってもたらされたものである。旅に出るまでの草庵における新風への試みは、ともすれば観念的であった。それが旅の体験によって、実際的なものに変化したと考えられている。

*能のワキ僧―能には、最初に諸国一見の僧がワキとして登場し、主人公のシテと出会うという構成になっているものが多い。

*香具山―橿原《かしはら》市にある天の香具山の略称。耳成山《みみなし》・畝《うね》傍《び》山と並ぶ大和三山の一つ。

*佐保山―京都との境をなす佐保川の北側の丘陵。奈良時代は墓地、平安時代は紅葉の名所として知られた。

19

梅白し昨日《きのふ》や鶴《つる》を盗まれし

梅が奇麗に白く咲いているこの山荘のたたずまいは、かの林和靖《りんなせい》の孤山の山荘のようだ。ただ、和靖が飼っていた鶴の姿が見えないのは、きっと昨日のうちに盗まれてしまったのですな。

【出典】貞享二年頃成『野ざらし紀行』

【前書】京に上りて、三井秋風が鳴滝の山家を訪ふ

貞享二年（一六八五）春の句。芭蕉は奈良から京へ上り、三井秋風《しゆうふう》の鳴滝《なるたき》*の山荘を訪れた。季語は「梅」で春。梅の花が白く咲くその山荘の趣きには、かの林和靖《りんなせい》が住んだ孤山《こざん》の山荘の面影がある、と秋風への挨拶を詠んだ句。林和靖は中国北宋の人で、浙江省《せっこうしょう》西湖《せいこ》*の孤山の麓に住み、二十年も市中に出ようとせず。鶴と梅を愛したことで知られている。

たしかに、秋風の山荘にも梅の花が咲いていた。「白し」は、秋風の人間

*鳴滝―京都の高雄の麓辺りの地。尾形乾山もこの地に鳴滝窯を開いている。

*西湖―浙江省杭州の西にある景勝の湖。沿岸の堂塔や湖中の島や堤などで有名。

性の高潔さをほのめかした言葉でもある。しかし、さすがの秋風も鶴は飼っていなかったのである。そのことを言うのに「盗まれた」と興じた点に俳諧性がある。「鶴がいないのは、昨日あたり盗まれたからですよね」と言ったところが、風狂性なのである。

三井秋風《しゅうふう》は、正保《しょうほう》三年（一六四六）の生まれで、本名を三井六右衛門時治《ときはる》といった。三井重俊《しげとし》の子で、三井越後屋《えちごや》呉服店を開いた高利《たかとし》の甥にあたる。秋風も呉服商の釘抜三井家を継いだが、放蕩《ほうとう》がたたって財産を失い、やがて享《きょう》保《ほう》二年（一七一七）、失意のうちに七十二歳で江戸で没したという。

甥の三井高房の『町人考見録《こうけんろく》』*によれば、「なかなか商売にかまい申さず、奢《おご》りの余り、後《のち》は鳴滝に山荘を構へ、それへ引き籠もり、種々の栄耀《よう》を極む。その時の世話に、鳴滝の竜宮《りゅうぐう》と沙汰申し候ふ」とある。つまり、商売にあまり関心がなく、鳴滝の山荘に引き籠もって派手な生活を送ったので、世の人々はその山荘を「鳴滝の竜宮」と呼んだというのである。

ただし、秋風は文事に熱心で、鳴滝の別荘には文人たちが多く出入りした。俳諧は高瀬梅盛《ばいせい》と西山宗因《そういん》に学んでいる。編著には『打曇砥《うちぐもりと》』『俳諧吐《と》綬鶏《じゅけい》』等があった。ただの卑俗な金持ちとは、ひと味違っていたらしい。

多くの文人に愛でられた。

＊町人考見録―三井高房が著した三巻の書。当時の経済界の動向を伝える。高房は高利の孫。長崎貿易や農地抵当の貸付を始めるなど、三井家の家業の拡張と家制の整備に尽力した。一七四八年没、六十五歳。

20

山路《やまぢ》来て何やらゆかしすみれ草《ぐさ》

【出典】貞享二年頃成『野ざらし紀行』

山路を越えてきたところ、ふと菫《すみれ》の花が咲いているのが目に入った。なぜだかよく分からないが、とても心が惹かれたことだ。

【前書】大津に至る道、山路を越えて

『野ざらし紀行』の中では、大津へ向かう途中の吟となっているが、実際はそれよりも後、倭建命《＊やまとたけるのみこと》ゆかりの熱田の白鳥山法持寺《はくちょうざんほうじじ》へ詣でた時の句である。東藤《とうとう》の『皺筥物語《＊しわばこ》』によれば、初案は「白鳥山」の前書で「何とはなしに何やらゆかし菫草」であった。それを後《のち》に「山路来て」と改案したことを、貞享二年五月十二日付けの千那《せんな》宛書簡で芭蕉自らが報じている。

初案の「何とはなしに何やら」という措辞は、一見充分に言い練《ね》れていな

＊倭建命―日本武尊とも書く。景行天皇の皇子で、『古事記』『日本書紀』に載る伝説的英雄。九州の熊襲や、東国の蝦夷討伐に遣わされたが、病に倒れ、伊勢

い印象だが、これは西行に「何事の」とか「何となく」という言葉が多用されていることの影響であろう。他にも芭蕉は、西行が伊勢神宮で詠んだとされる「*何事のおはしますかは知らねども忝《かたじけ》なさに涙こぼるる」の歌を踏まえて「*何の木の花とは知らず匂ひかな」という句も作っている。

とすれば、この句の初案も、西行の「何事の」の歌の影響であると考えられよう。倭建命《やまとたけるのみこと》ゆかりの地に参詣して感じた崇敬《すうけい》の念を、西行の「忝なさ」に倣《なら》って一句にしようとしたのが初案であろう。それを後になって山路の旅人の視点で詠んだ句に転用したのである。

季語は「すみれ」で春。しかし、この菫について、*北村湖春《こしゅん》が「菫《すみれ》は山に詠まず。芭蕉翁《おう》、俳諧に巧みなりといへども、歌道なきの過《あやま》ちなり」と非難した話が『*去来抄』に載る。つまり、専門の歌人でもあった湖春から「芭蕉翁は歌のことはご存じないようだ」と謗《そし》られたわけである。

しかし、考えてみれば、そもそも和歌で詠まない題材の中に、俳諧ならではの美や面白さを見出すのが俳諧性というものである。そう考えてみれば、湖春のこの非難は的外《まとはず》れであったということになる。

能褒野《のぼの》で没した。没後、化して白鳥となったという。

＊皺筥物語—17に既出。

＊何事のおはしますかは—後世西行の歌だと信じられたが家集類には見えず、確証はなく、後世の伝承歌とされる。ただし、延宝二年刊の『西行法師家集』には「何事のおはしますをば知らねどもかたじけなさに涙こぼるる」の形で出る。

＊何の木の—28を参照。

＊北村湖春—江戸時代前期・中期の歌人、俳人。北村季吟の長男。父とともに幕府の歌学方に召され、京都から江戸に移住するが、一六九七年に父に先だって没した。五十歳。

＊去来抄—39参照。

21

夏衣《なつごろも》いまだ虱《しらみ》を取りつくさず

【出典】貞享二年頃成『野ざらし紀行』

やっとわが庵に戻ったが、まだ物ぐさな生活を送っている。旅の途中で衣服に棲みついた虱《しらみ》さえ、まだきちんと取り尽くしていないことだよ。

【前書】卯月の末、庵に帰りて旅の疲れを晴らすほどに

貞享二年（一六八五）四月末、芭蕉は『野ざらし紀行』の旅から江戸に戻る。出立は前年八月だったので、実に九ヶ月の長旅であった。この句は『野ざらし紀行』の最後に配されており、旅を終えた安堵《あんど》の気分が漂う。旅立ちの際の「野ざらしを」の句や富士川で捨子を詠んだ「猿を聞人」の句に漂っていた緊張感と比べると、まるで嘘のように穏やかな句風に変化している。

さて、この句の季語は「夏衣」で夏。文字通り、夏に着る一重《ひとえ》の衣服をい

う言葉である。そして「虱《しらみ》」だが、漢詩の世界では、山林に身を隠す*高士《こうし》や隠逸《いんいつ》に縁のあるものとして詠まれてきた。その源になったのは、古く『晋《しん》書《じょ》』に載った*王猛《おうもう》の故事。そこから、「虱を捻《ひね》って当世の努めを談ず」と言えば、礼儀作法に構わない態度で時世や政治を論ずるとか、傍若無人《ぼうじゃくぶじん》に論談するといった意味の慣用句となった。また「半風子《はんぷうし》」という洒落た言い方もある。これは「風」の字を半分にすると「虱」の字になるからである。

俚言《りげん》にも「虱を捻る」と言えば、暇にまかせて虱を取るという意から、世俗を離れ、虱でも捻りながら悠々自適の生活をする、という意味で使う。のちに芭蕉が「*幻住庵記《げんじゅうあんき》」の中で「空山《くうざん》に虱を捫《ひね》って座す」と書いているのも、そのことを意識したからである。

そう考えると、この句の「いまだ虱を取りつくさず」という漢文訓読調の表現は、そうした世俗を超越した高士や隠逸の士の気分を意識した結果であるとみることができる。つまり、長旅を終えて身体が疲れていることを言いたかっただけではなく、あわせて日常生活を離れた旅の余韻に浸っている気分も表現したかったのであろう。

＊高士―世俗の垢に染まらぬ高潔な人士。隠士は隠者、隠逸の人。

＊王猛―五胡十六国時代の前秦《しん》の宰相。富国強兵に努力し、前燕を滅ぼした。断腸の故事（13参照）で有名な桓温の訪問を受けた時、衣服の虱を取りながら共に時世を語ったという。三七五年没。五十一歳。

＊幻住庵記―41参照。

22

古池や蛙《かはづ》飛びこむ水の音

【出典】貞享三年刊『蛙合《かわずあわせ》』

古池に蛙が一匹飛びこんだ。周辺の静寂がかすかに破られたことだよ。

【語釈】○蛙―「かえる」が口語・俗語であるのに対して、「かわず」は歌語・雅語として用いられた。俳諧では両方とも使う。

貞享二年（一六八五）四月に「野ざらし紀行」の旅から戻った芭蕉は、しばらくの間、江戸で草庵生活を送る。「古池や」の句も、この庵住《あんじゆう》の期間の作品である。やがて貞享四年の秋には、この「古池や」の句を含む庵住の期間の詠を「あつめ句」としてまとめ、さらには、短い日数ではあったが、「鹿島《かしま》紀行」の旅にも出るなど、芭蕉にとって実りの多い期間であった。

さて、あまりにも有名なこの句、貞享三年の春に芭蕉庵で開かれた蛙の発句会で詠まれたもので、この年のうちに刊行された仙化《せんか》編『蛙合《かわずあわせ》』に収録されている。この句会では、先に中七と下五の「蛙飛びこむ水の音」ができた。芭蕉の高弟であった其角《きかく》は、上五を「山吹や」としてはどうかと意見を述べたが、芭蕉はこの意見を退けて、「古池や」としたという逸話が伝わっている。

たしかに和歌の世界では、蛙と山吹はしばしば春の景物として一緒に詠まれてきた。その伝統を考えれば、其角の案も悪くない。しかし、芭蕉が「山吹や」を選ばなかったのは、俳諧独自の美意識や価値観を見出すため、伝統的な和歌の世界の枠内に留まることを避けたからだと考えられる。

つまり、「古池や」と上五を置くことで、「飛ぶ蛙」は古池を含む情景の静寂さを引き立たせるものとして提示されることになる。そうすることによって、和歌・連歌の世界で伝統的に詠まれてきた「鳴く蛙」という束縛を脱し、「飛ぶ蛙」という新しい詩を見出すことができたのである。

「古池や」の句の画期的な点は、この「飛ぶ蛙」の発見である。この句によって蕉風《しょうふう》俳諧は揺るぎないものとなり、ひいては、この句こそが俳諧そのものを象徴するような存在にもなったのである。

*仙化—江戸の人。芭蕉の門人。『蛙合』には芭蕉の「古池や」の句に番えて詠んだ「いたいけに蝦つくばふ浮葉かな」の句が載る。

*逸話—この逸話は、支考編『葛の松原』(元禄五年刊)に載る。

*蛙と山吹—「蛙鳴く井出の山吹散りにけり花の盛りに逢はましものを」(古今集・春下・一二五・読人知らず)など。特に井出の山吹と蛙が有名であった。

23

花の雲鐘《かね》は上野《うへの》か浅草《あさくさ》か

【出典】貞享四年刊『続虚栗』

桜の花が満開で雲のような美しい眺めだ。どこからか鐘の音が聞こえてきたが、あれは上野の鐘だろうか、それとも浅草の鐘だろうか。

【前書】草庵

貞享四年（一六八七）春の吟で、やはり庵住生活の成果のひとつである。前書の「草庵」は深川の芭蕉庵のこと。そして、句中の「上野」は江戸上野の東叡山寛永寺《とうえいざんかんえいじ》、「浅草」は江戸浅草の金龍山浅草寺《きんりゆうざんせんそうじ》。どちらも江戸を代表する寺院の一つである。深川にいながら、浅草や上野の鐘が聞こえるなど、現在では考えられないが、のどかな春の日の大江戸の賑わいを、大きなスケールでとらえた句である。

季語は「花の雲」で春。満開の桜の花を遠くから眺めて雲に見立てた表現。これに「鐘」の音を取り合わせることで、視覚表現と聴覚表現の両方から、のどかな春の日の草庵のくつろいだ気分を叙すことに成功している。

この句を詠んだ前年にも、芭蕉は「観音の甍《いらか》見やりつ花の雲」という句を詠んでいる。こちらもよく知られた句だが、*其角《きかく》は『末若葉《うらわかば》』で、この二つの句は「一聯《れん》二句の格」であると言っている。そうだとすれば、この二句の背後には、*菅原道真《すがわらのみちざね》の「*都府楼《とふろう》ハ纔《わず》カニ瓦《かわら》ノ色ヲ看《み》、観音寺ハ只《ただ》鐘ノ声ヲ聴《き》ク」という有名な詩句の面影を見ることが可能である。ただし、もとの道真の漢詩の背後にあった左遷の悲痛と、この句に詠まれた情景とは無縁である。

なお、この句は、貞享四年秋にまとめられた「あつめ句」にも、「華《はな》」の題で収録されている。「あつめ句」は、芭蕉が貞享期の発句三十四句を自筆で記した重要な資料で、芭蕉のパトロンであった杉風《さんぷう》の家に伝来した。「草庵」という前書は、*『続虚栗《ぞくみなしぐり》』に入集する際に付されたものである。また、この句を記した真蹟懐紙には、謡曲「西行桜」の一節を、譜点付きで前書として記したものがある。

*其角―榎本氏、のち宝井氏。蕉門十哲の一人。江戸の人。十四、五歳で芭蕉に入門。嵐雪《らんせつ》と並称される重要な存在であった。門人に湖十や貞佐、淡々などがおり、江戸座など都市系俳人の祖とされる。編著に『虚栗』『句兄弟』『枯尾花』『末若葉』など。一七〇七年没。四十七歳。

*菅原道真―平安時代前期の公卿、学者。宇多天皇に重用されたが、藤原時平と対立し、大宰府に左遷され、九〇三年、同地で没した。五十九歳。

*都府楼ハ…―『菅家後集』に載る七言律詩「不出門」の頷聯。『和漢朗詠集』下・閑居にも収録されて親しまれた。

*続虚栗―其角編。貞享四年刊。発句・連句集。半紙本二冊。

24

五月雨《さみだれ》に鳰《にほ》の浮巣《うきす》を見にゆかむ

【出典】元禄八年序『笈日記』

降り続く五月雨で、琵琶湖の水かさも増したことであろう。どれどれ、ひとつ鳰《にお》の浮巣でも見に行くことにしようか。

【前書】露沾《ろせん》公に申し侍る

前書に名前の見える露沾《ろせん》は、陸奥磐城平《むついわきたいら》藩主内藤義概《よしむね》（俳号風虎《ふうこ》）の次男義英《よしひで》の俳号。事情があって二十八歳の若さで退隠し、江戸麻布《あざぶ》の邸に居住して、江戸俳壇のパトロン的存在となった。

さて、この句は貞享四年（一六八七）夏の詠。鳰《にお》は、かいつぶり。湖、沼、池、川などに生息し、夏に巣を作って雛《ひな》を育てる。そのため、「鳰の浮巣」は夏の季語とされる。

*露沾―内藤義概の次男。兄の死去で世継ぎになったが、家内の内紛のため、延宝六年に蟄居を命じられた。天和二年に退隠した後は、江戸麻布の自邸で月次俳諧を催す。芭蕉とも親交

鳰の巣は、木の枝や枯葉などを使って作られるが、水の増減によって自由に上下できるようになっている。そのために浮巣と呼ばれ、和歌や連歌で多く詠まれた題材である。

その和歌・連歌の世界では、たとえば、順徳院の「唐崎《からさき》や鳰の浮巣のいかにしてさすらひ渡る世を頼むらん」（夫木和歌抄・雑部九・鳰）のように、定めない哀れなものとして詠まれることが多い。また、特に琵琶湖の鳰がよく詠まれた。

土芳《どほう》の『三冊子《さんぞうし》』*は、この句を評して、「詞に俳諧なし。浮巣を見にゆかんといふ所、俳なり」と言う。つまり、この句で用いられている「五月雨」「鳰の浮巣」はいずれも和歌・連歌で用いられた題材であるから、言葉の上に俳諧性はない。わざわざ五月雨の中を鳰の浮巣を見に行こうという、その風狂的な気分にこそ俳諧性があるのだ、と指摘しているのである。

なお、前書によれば、この句は江戸で露沾に対して「申し侍」った句である。とすれば、この句を詠むことで、鳰のいる琵琶湖方面への旅行、つまり江戸から西への旅を予定していることを披露したと考えることができる。ただし、実際にはその出発は十月になった。これが、『笈《おい》の小文《こぶみ》』の旅である。

があった。弟子に水間沾徳がいる。一七三三年没。七九歳。

*内藤義概―04に既出。

*三冊子―15に既出。

25

朝顔は下手《へた》の描《か》くさへ哀れなり

【出典】元禄三年刊『いつを昔』

はかない物としてしばしば和歌や漢詩に詠まれる朝顔であるだけに、下手な人が描いた絵であっても、哀れを感じさせるものだ。

貞享四年（一六八七）秋の詠、やはり庵住の時期の句である。

季語は「朝顔」で秋。アサガオは『万葉集』にも詠まれており、秋の野に咲く花として親しまれていた。それが、平安時代になると、朝咲いて夕方にはしぼむ花であることから、儚《はかな》いイメージが持たれるようになった。

すなわち、*『和漢朗詠集《わかんろうえいしゅう》』には「松樹千年終《つひ》ニコレ朽チヌ、槿花《きんか》一日自《おの》ヅカラ栄《えい》ヲナス」という白居易《はっきょい》の詩句と、「朝顔をなにはかなしと思ひけむ人

【前書】嵐雪《らんせつ》が描《えが》きしに、賛《さん》望みければ

*和漢朗詠集―平安時代中期に藤原公任《きんとう》が編んだ詩と歌のアンソロジー。ここに載る詩と歌は傑作として多くの人の朗唱の対象となった。

をも花はいかが見るらむ」という*藤原道信《みちのぶ》の歌が記載されているが、次第に花の命の短かさと無常観とが結びつけられるようになり、やがては「露」とともに詠まれることが多くなる。この句で、「哀れなり」と詠むのは、そうした平安朝の和歌以来の伝統的イメージによる。なお、現在のように朝顔が観賞用として盛んに栽培されるようになるのは江戸時代になってからのことである。

絵を描いた*嵐雪《らんせつ》は、其角《きかく》と並ぶ芭蕉の重要な弟子の一人。生まれは江戸湯島とも淡路小榎並村《こえなみ》ともいう。もと武士で何度か仕官したが、いずれも短期間で致仕《ちし》したという。芭蕉への入門は早く、延宝（一六七三〜一六八一）初年には其角と相前後して入門する。絵画は素人《しろうと》であった。

この句の解釈には、「これは弟子の絵なれば、下手と云ひ出でて興を添へたる笑《おか》し味《み》なり」という『*笈《おい》の底』の評が参考になろう。つまり「下手の描くさへ」と遠慮なく言ったところに師弟間の隔てのなさと、俳味を感じることができるというのである。芭蕉が嵐雪を一方的に貶《けな》したというよりも、むしろ、下手であっても味わいのある絵だと褒《ほ》めた句と理解することができよう。

*藤原道信―平安中期の歌人。藤原伊尹《これただ》の孫、藤原為光の子。中古三十六歌仙の一人。才能・容姿ともに優れ、惜しまれながら早世した。九九四年没。二十三歳。

*嵐雪―服部氏。蕉門十哲の一人。門人に、百里や吏登など優れた俳人を輩出して、その系統はのちに雪門と呼ばれた。編著に『其袋』『或時集』『杜撰集』など。一七〇七年没。五十四歳。

*笈の底―信天翁著。寛政七年序。俳諧注釈書。自筆稿本八冊。芭蕉の発句五百二十五句を注釈したもの。

26

月はやし梢《こずゑ》は雨を持《もち》ながら

【出典】貞享四年成「かしまの記」

雨はやんだが、月光を受けた雲の流れは速い。木々の梢には、まだ先ほどまで降っていた雨の滴《しずく》が残っている。その情景が月に照らされて美しい。秋の爽やかな気配が感じられる。

貞享四年（一六八七）八月十四日から下旬にかけ、芭蕉は門人の*曽良《そら》と*宗波《そうは》を伴って「鹿島詣《かしまもうで》」の旅に出る。この旅は、他の旅に比べれば短かい期間であったが、鹿島では知合いの根本寺前住職である*仏頂禅師《ぶっちょうぜんじ》を訪ねている。折から、八月十五夜の月見をしようとしたところが、あいにくの雨となった。そして、ようやく暁近くになって晴れ間が見えた時に詠んだのがこの句である。

＊曽良―本名は岩波正字《まさたか》、通称は河合惣五郎。信濃の人。伊勢長島藩に仕えたが、致仕して、江戸で神道、歌学などを修めた。貞享二年頃、芭蕉に入門。芭蕉庵の近くに住んで身の回りの世話をした。「鹿島詣」「奥の細道」の旅に同行。

紀行本文には「暁の空、いささか晴れけるを、和尚《おしょう》、起こし驚かし侍れば、人々起き出でぬ。月の光、雨の音、ただ哀れなる景色のみ胸に満ちて、言ふべき言の葉もなし」とある。つまり、明け方の空が少し晴れたので、和尚が人々を起こした。すると、まだ雨の滴《しずく》の垂れる音がするが、月の光が大変美しく、ただただ素晴らしい景色だと思われるばかりで、言葉も出ない、と言っている。

季語は「月」で秋。「はやし」は形容詞の終止形。「月はやし」は、月の光を受けて、雲が速いスピードで流れていく様子が見える様《さま》を言ったものであろう。つまり、視点をかえれば、月が速く走るように見えるのである。「雨を持ながら」は「持っているのに」の意ではなく、「持ったままで」の意。雨がやんで、木々の梢に滴が残っている情景である。

昔から、仲秋の月は幾多の和歌、漢詩に詠まれてきた。せっかく鹿島まで出向いての月見であったのに、雨になってしまったとはじつに残念だったはずだ。紀行本文でも「はるばると月見に来たるかひなきこそ、本意《ほい》なきわざなれ」と言っている。しかし、雨を恨んだ句とはせず、秋の雨の情趣と月の情景を、清新爽涼の気分で詠んだところが、この句の新しさである。

一七一〇年没。六十二歳。

＊宗波―江戸本所の定林寺の住職という。芭蕉の門人。滄波とも書く。

＊仏頂禅師―08に既出。

27

旅人とわが名呼ばれん初時雨《はつしぐれ》

【出典】宝永四年序『笈《おい》の小文《こぶみ》』

この初時雨の中を旅に出て、道中で、人からは「旅人」と呼ばれたいものだよ。

貞享四年（一六八七）十二月二十五日、芭蕉は『野ざらし紀行』以来の長途の旅に出発する。『笈《おい》の小文《こぶみ》』の旅である。この句は、その冒頭に配されている。しかし実際は、出発するまさにその時に詠まれた句ではない。『笈の小文』の旅立ちに際しては、露沾《ろせん》邸や其角亭《きかくてい》で餞別《せんべつ》の句会が行われたことが知られているが、この句は、その其角亭での会で詠まれたものである。

すなわち、『*続虚栗《ぞくみなしぐり》』には「十月十一日、餞別会」の前書があり、この句

【前書】神無月《かんなづき》のはじめ、空定めなき景色、身は風葉の行く末なき心地して

*続虚栗―23に既出。

を発句とし、以下、其角、嵐雪《らんせつ》たちが一座した世吉《よよし》が収録されている。この世吉の脇句は、由之《ゆうし》の「また山茶花《さざんか》を宿々にして」であった。

先の『野ざらし紀行』の旅の途次で詠んだ歌仙「狂句こがらしの」巻を思い出して欲しい。脇句は「誰《た》そやとばしる笠の山茶花」であった。とすれば、門人たちの間では、今回の『笈の小文』の旅は、前回の『野ざらし紀行』の旅を継ぐものであるという意識があったということになる。

季語は「初時雨」で冬。この句には、自《みず》からを謡曲のワキ僧に擬《ぎ》している雰囲気がある。実際、旅の途中、吉野《よしの》では「花の陰謡《うたひ》に似たる旅寝かな」と詠んでもいる。『野ざらし紀行』にしばしば見られた漢詩文調や破調を用いた詰屈《きっくつ》な表現は陰をひそめたが、その風狂性は『笈の小文』の旅にも引き継がれているのである。

また『笈の小文』は、「百骸九竅《ひゃくがいきゅうけう》の中に物有り。仮りに名付けて風羅坊《ふうらぼう》といふ」という有名な書出しを持ち、「終《つひ》に無能無芸にして只《ただ》この一筋に繋《つな》がる」という自己観照や、「見る処《ところ》花にあらずといふ事なし。思ふ所月にあらずといふ事なし」という芸術観が披瀝《ひれき》されている点でも興味深い作品である。

*世吉―連句で四十四句続けたもの。

*由之―内藤家の家人。井手氏。陸奥岩城小奈浜の人。

*百骸九竅―百骸は多数の骨。九竅は九の穴で、両眼・両耳・両鼻孔・口・前陰・後陰を言う。すなわち、人体を構成しているもの。転じて、人体。

28

何の木の花とは知らず匂ひかな

【出典】宝永四年序『笈の小文』

何という木であるかは知らないが、それにしても良い匂いのする花が咲いていて、この伊勢の神々しい雰囲気にふさわしいことであるよ。

貞享四年（一六八七）十月に江戸を出発した芭蕉は、東海道を上り、鳴海《なるみ》、熱田《あつた》、三河伊良湖崎《いらござき》、名古屋などを経て、年末に伊賀上野へ到着。途中、三河国保美村に蟄居していた門人の*杜国《とこく》を*越人《えつじん》の案内で訪ねている。そして年が明けて貞享五年二月には、伊賀上野から伊勢へ参詣した。

この句は、貞享五年二月中旬の杉風《さんぷう》宛書簡により、二月四日に伊勢神宮の外宮《げくう》に参詣した際に詠まれたものであることが分かる。

【前書】伊勢山田

＊杜国―坪井氏。名古屋の米穀商。貞享元年に芭蕉を名古屋に迎え、『冬の日』五歌仙を興行、同時に芭蕉に入門した。翌年、空米《くうまい》売買の罪で追放され、三河国保美村に蟄居した。一六九〇年没。

『*笈日記《おいにっき》』には、「西行の涙を慕ひ、*増賀《ぞうが》の信《まこと》をかなしむ」という前書が付されている。とすれば、その昔、西行が伊勢参宮《さんぐう》の折に詠んだと伝えられる「*何事のおはしますかは知らねども忝《かた》じけなさに涙こぼるる」を踏まえていると考えられる。また、「増賀の信」とは、増賀の信心の篤《あつ》さを言ったものである。増賀の逸話は『*撰集抄《せんじゅうしょう》』の巻頭に載る「増賀上人之事」に記されている。『撰集抄』は、当時は西行の著作であると信じられ、人気の高かった書物である。

芭蕉は本殿を遙拝《ようはい》しながら、その神々しさに感動した。その感動は自分一人のものではなく、西行や増賀も感じた信心に通じる。そういった思いでこの句を詠んだのであろう。西行の歌との比較で言えば、目には見えない神域の神々しさを、「匂ひ」を媒介にして具体的に表現した点が面白い。

この伊勢参宮を果たした後、芭蕉は、いったん亡父の三十三回忌法要のため生家に戻るが、貞享五年三月に再び伊勢に出て杜国と落ち合い、吉野、大和、紀伊を経て大坂へ向かう。そして、四月には須磨、明石《あかし》を巡歴し、やがて京に入って杜国と別れている。この旅では、吉野を始めとする多くの歌枕を歴訪したことが大きな収穫であった。

*越人―越智氏。北越の人。名古屋に出て染物屋を営んだ。蕉門十哲の一人だが、初期蕉風を尊重していたため、後しだいに芭蕉から離れた。一七三〇年頃没。

*笈日記―15に既出。

*増賀―平安時代中期の天台僧。比叡山の良源に師事。さらに多武峯で修行し、密教の修法にたけた。世俗の秩序に背いた数々の佯狂の逸話で有名。一〇〇三年没。八十七歳。

*何事のおはしますかは……―20に既出。

*撰集抄―鎌倉時代後期に成立した説話集。西行に仮託された人物が、諸国を行脚する途次で、様々な隠者に出逢う。

29

春の夜《よ》や籠《こも》り人《ど》ゆかし堂の隅《すみ》

【出典】宝永四年序『笈の小文』

春の夜は静かに更けていく。御堂《みどう》の隅に、ひそかに参籠《さんろう》する人がいることに気付いた。どのような人で何の願い事があるのかと、何となく心が惹《ひ》かれることだ。

【前書】初瀬

貞享五年（一六八八）三月十九日、伊賀上野を出発した芭蕉と杜国は、伊勢種《たな》生村《おむら》の兼好塚に寄り、臍峠《ほぞとうげ》を越えて大和の初瀬《はつせ》へ向かった。その初瀬で詠んだのがこの句である。なお、この年は九月に改元して元禄元年となる。

季語は「春の夜」。「籠り人」は祈願のために御堂に泊まりこむ人。「ゆかし」は、見たい、聞きたい、知りたい、の意で、ここでは何となく心が惹かれるということ。「堂」は、参籠の人が泊まりこむ御堂である。

古来、長谷寺《はせでら》は観音信仰の霊場として有名で、『源氏物語』や『枕草子』にも参籠のことが見える。『源氏物語』では、玉蔓《*たまかずら》がこの寺に参籠して、二十年ぶりに乳母《めのと》の右近と邂逅《かいこう》する場面がある。また『撰集抄』で西行が昔の妻と巡り会う場所も、やはり長谷寺であった。

また、長谷寺は、恋の成就を祈願する場所でもあった。貞徳《ていとく》の『新増犬筑波集《*いぬつくばしゅう》』にも「初瀬は恋を祈る所なり」と見え、重頼《しげより》の『毛吹草《*けふきぐさ》』にも「連歌恋之詞」として「初瀬を祈る」という語が見える。とすれば、この句は、長谷寺の春の夜の情景に、恋の気分を利《き》かせた句であると考えてもよいだろう。「堂の隅」という言葉遣いからは、忍んで参詣した気分が感じられ、「ゆかし」という言葉との映りもよい。

いずれにせよ、この句は、昔の物語以来醸成されてきた長谷寺の雰囲気を踏まえることで、古典的、幻想的な情緒の句に仕立てたものであるということができる。

なお、『あら野』に収録された「雁《かり》がねの」歌仙に見える芭蕉の付句「初瀬に籠る堂の片隅」、また『猿蓑《さるみの》』に載る曽良の発句「春の夜はたれか初瀬の堂籠り」は、この句と同想の句として注目される。

＊玉蔓―夕顔の遺児。筑紫で大きくなり、上京して源氏に発見されて六条院に住み、多くの男性から言い寄られる。

＊新増犬筑波集―貞徳編。寛永二十年刊。俳論書。横本二冊。「あぶらかす」と「よど河」の上下巻からなる。

＊毛吹草―重頼編。正保二年刊。俳諧辞書、発句・連句集。横本五冊。

30

雲雀《ひばり》より空にやすらふ峠かな

【出典】宝永四年序『笈の小文』

峠の風に吹かれていると、下の方から雲雀の鳴く声が聞こえてきた。なんと雲雀よりも高いところで休息しているのだな。

【前書】臍峠　多武峰《とうのみね》より龍《りゆう》門へ超ゆる道なり

貞享五年（一六八八）の作。臍峠《ほぞとうげ》（細峠とも）は、奈良県桜井市と吉野郡吉野町との境にある峠の一つ。龍門岳《りゆうもんだけ》の西側、龍在峠《りゆうざいとうげ》の東側にあり、奈良盆地から吉野川流域の地方への近道によく利用された。季語は「雲雀」で春。

雲雀は、雀よりやや大きく、褐色で地味な色をしているが、鳴き声が良く、古くから飼い鳥にもされてきた。三、四月には高空をさえずりながら飛ぶ。脚が丈夫で後指の爪が長く、木の枝に止まることはない。

和歌では、『*六百番歌合』に春の景物として出題されて以後、中世、近世の作品に用例が散見される。飛翔する姿やそれに伴う鳴き声を「上がる」「落つ」などと表現することが多い。『*連珠合璧集《れんじゅがっぺきしゅう》』でも、「雲雀」と「春の野」「あがる」「落つる」などの言葉を*寄合《よりあい》としている。

つまり、雲雀は空高く鳴くものとして和歌・連歌に詠まれてきた。その雲雀の声を、臍峠ではなんと雲雀よりもさらに上から聞くのだ、と言ったところにこの句の面白さがある。たとえば『あら野』などの諸書には、中七の「空」を「上」として載せているものがある。「上」では直接的に過ぎて、「空」の方がイメージが膨《ふく》らむ印象があるが、たしかにこの句の面白さは雲雀と自分の上下の位置を逆転させたところにある。

この句のテーマは、雲雀の鳴き声であるから聴覚である。峠の眺望には特に言及していない。しかし、雲雀よりもさらに「空」で休んでいるという言い方には、臍峠からの眺望の素晴らしさが暗示されている。その眺望を目の前にした時の愉快な気持ちが、「やすらふ」という言い方によく表現されている。峠の頂上まで歩いてきたという旅の心地よい達成感や疲労感までもが、爽やかに感じられる句である。

*六百番歌合―鎌倉時代初期の歌合。建久四年に左大将藤原良経の主催で行われた。俊成門の御子左家歌人と旧派の六条家歌人が対立し、新古今集時代の先駆けとなった。

*連珠合璧集―一条兼良編。文明八年以前の成立。連歌学書。二巻。連歌寄合の手引書として広く用いられた。

*寄合―連歌用語で、前句と付句とを関連づける特別な言葉を指す。

31

蛸壺《たこつぼ》やはかなき夢を夏の月

明石《あかし》の海を夏の月が美しく照らしている。その海中では明日《あす》の朝には引き揚げられるとも知らずに、蛸《たこ》たちが蛸壺の中で仮初《かりそ》めの夢を見ていることである。

【出典】宝永四年序『笈の小文』

この句も貞享五年（一六八八）、『笈の小文』の旅での作。『猿蓑』に「明石夜《あかしや》泊《はく》」という前書とともに収められている。「明石夜泊」という前書は、張継《ちょうけい》の「＊楓橋夜泊《ふうきょうやはく》」の詩題に倣《なら》ったものであろう。この詩は『＊三体詩《さんたいし》』と『＊唐《とう》詩選《しせん》』のどちらにも収録されており、旅愁を詠んだ詩として大いに人気があった。ただし、惣七《そうしち》宛四月二十五日付書簡によれば、芭蕉と杜国《とこく》は明石には泊まらず、須磨へ戻って泊まっている。

＊楓橋夜泊―月落チ烏啼イテ霜天ニ満ツ、江楓ノ漁火愁眠ニ対ス、姑蘇《こそ》城外ノ寒山寺、夜半ノ鐘声客船ニ到ル。

＊三体詩―中国の詩撰集。三巻。宋の周弼《しゅうひつ》撰。一二五〇成立。七言絶句・五言律詩・七言律詩の三体の詩四百九十四首を収録する。中

蛸壺とは、蛸漁《たこりよう》に用いる素焼きの壺。長い幹縄《みきなわ》に多くの枝縄《えだなわ》をつけ、その枝縄に蛸壺を縛りつけて海底に沈めておく。そして、蛸がその中に入るのを見計らって、引き揚げて捕える。蛸が穴に潜むのを好む習性を利用した漁法である。

「はかなき夢」とは、夜が明ければ蛸は捕《つか》まってしまう、ということ。芭蕉はそこに、人生の旅寝の夢の儚《はかな》さを重ね合わせているのである。

つまり、蛸がはかない夢を見ているというのは一見ユーモラスだが、明石は蛸の名産地であるとともに、古くからの歌枕であり、『源氏物語』や『平家物語』の舞台にもなった土地である。光源氏や明石入道、平家一門の人々などの古典の世界のイメージに、人生の旅寝の夢の儚《はかな》さを重ね合わせていると解釈されるのである。

また、この句の季語は「夏の月」であるが、これも短夜《みじかよ》の明けやすい儚《はかな》さを象徴している。なお、須磨・明石といえば、秋の情景を詠むことが普通であったが、芭蕉が訪れたのは夏であった。夏であったからこそ、従来の物語や和歌とは異なる蛸壺の夢という新しい素材を見出すことができたと言えるかもしれない。

唐・晩唐の作品が中心で、日本では室町時代に翻刻されて以来、流布した。

*唐詩選—中国の詩撰集。七巻。明の李攀龍《りはんりよう》撰と伝えられるが書籍商人の偽託という。唐代の詩人百二十八人の作品四百六十五首を詩体別に収録する。中国では偽書として廃れたが、日本では、服部南郭による校訂本が享保九年に刊行され、爆発的に流行した。

32

おもしろうてやがて悲しき鵜舟《うぶね》かな

【出典】真蹟懐紙

はじめて見る鵜飼《うかい》は大変面白い。しかも、何とも言えない悲しい情緒がある。なんと素晴らしいものであるよ。

やはり貞享五年（一六八八）の句。芭蕉は、四月に須磨・明石を巡歴したのち、いったん京へ戻り、杜国《とこく》と別れる。その後、五月に京を出発。大津、岐阜、名古屋、鳴海《なるみ》などを訪れる。この句はその途中、長良川《ながらがわ》で鵜飼を見物したときの吟である。

長良川は、岐阜県中央部を流れる川。岐阜県北西部の大日ケ岳に源を発し、吉田川、板取川などの支流を合わせて濃尾《のうび》平野を流れ、羽島《はしま》市の南部で

【前書】岐阜の庄《しょう》、長良川の鵜飼とて、世に事々しう云ひののしる。まことや、その興の人の語り伝ふるに違《たが》はず、浅智短才の筆にも言葉にも尽くすべきにあらず。心しれらん人に見せばやなど云ひて、闇路に帰る、この身

木曽川と並行して三重県桑名市で伊勢湾に注ぐ。

鵜飼《うかい》とは、鵜を使って行う漁。広くは、昼間の漁や、追込み漁なども鵜飼というが、一般には、夏の夜、小舟のへさきで篝火《かがりび》をたいて鮎などを近寄らせ、鵜匠《うじょう》が鵜の頸《くび》に鵜縄《うじょう》をつけ、水中で魚をのませ、引き上げて吐かせる漁、すなわち獲《とり》鵜をいう。現在でも長良川の鮎漁がもっとも有名である。季語は「鵜舟」で夏。

前書の「心しれらん人」とは、風流を解する人の意。また、「闇路」は謡曲「鵜飼」の「鵜舟のかがり影消えて、闇路に帰るこの身の、名残惜しさを如何《いか》にせん、名残惜しさを如何にせん」という詞章による。

「おもしろうて」は「おもしろくて」の音便《おんびん》。「やがて」は「そのまま」という意。漢の武帝の「秋風辞」に「歓楽極マリテ哀情多シ」という有名な一節があるが、この句の上五・中七には、その一節を想起させる要素がある。

謡曲「鵜飼*」のシテの老翁《ろうおう》は、鵜飼の面白さに狂ったのち、月の出を見て闇路に帰っていく。その老翁の背負う哀愁と、鵜飼見物のあとに芭蕉が感じた哀感とが、見事に重なって表現された句である。

の名残り惜しさをいかにせむ

〔岐阜の庄、長良川の鵜飼は大したものだと、世の人々は騒いでいる。確かに、その面白さは評判の通りで、浅薄かつ才能に乏しい私などは、とても言葉で説明することはできない。風流を解する人に見せたい、などと言って、夜道を宿まで帰った。その名残惜しさといったら、なんとも言えない程であるよ。〕

＊鵜飼—五番目物。榎並左衛門五郎作、世阿弥改作。禁漁地で漁をして殺された鵜飼いの霊が、一夜の善行によって閻魔大王に許され、極楽へ送られる。

33

俤《おもかげ》や姨《うば》ひとり泣く月の友

【出典】貞享五年成か『更科《さらしな》紀行』

有名な更科姥捨山《おばすてやま》の名月はあわれ深い。遠い昔にこの山中に捨てられて泣いたという老女の面影の姿が目に浮かぶようであるよ。

【前書】姨捨山

貞享五年（一六八八）五月に京都を出て大津、岐阜、名古屋、鳴海《なるみ》などを巡歴した芭蕉は、八月十一日には、名古屋から越人《えつじん》を連れて、信州更科《さらしな》の姥捨山《おばすてやま》へ向かった。「更科紀行」の旅である。八月十五日に姨捨山で名月を眺め、その後は善光寺に参詣、八月下旬に越人と一緒に江戸へ戻っている。

姨捨山は、本来は長野県篠ノ井塩崎の小長谷山《おはつせやま》が訛《なま》ったとする説が有力である。しかし、一般には更埴市《こうしょくし》八幡の冠着《かぶき》山を姨捨山と呼ぶようになり、芭蕉の頃もそう考えられていた。田毎《たごと》の月で有名な歌枕でもある。

　姨捨山の伝説は、『大和《やまと》物語』『今昔物語集』などに載る。更科の里に住む親代わりの姨《うば》を養っていた男が、妻の強い要求で、仲秋の明月の夜に、その姨を山に棄ててきた。しかし、深夜、後悔の念に堪えず、「わが心慰めかねつ更科《さらしな》や姨捨山に照る月を見て」と呟き、再び姥を家に連れて帰る、というものである。謡曲「姨捨」にも脚色されて、よく知られていた。

　*『雑談集《ぞうたんしゅう》』によると、其角《きかく》は、芭蕉からこの句と「*あの中に蒔絵《まきえ》書きたし宿の月」「*十六夜《いざよひ》もまだ更科の郡《こおり》かな」の三句を示され、どれが良いか尋ねられた。そこで、この句が良いと答えたところ、芭蕉から「誠に然《しか》なり。一句、人目には立たず侍れども、その夜の月天心《てんしん》に到る所、人の知ること少《まれ》なり」と褒《ほ》められたという。つまり「まことにその通りだ。人の注目を集めるような句ではないが、十五夜の月が天の真ん中に登る深夜の情景を詠んだのである。その興趣を知る人は少ないのだよ」ということである。

　姨捨を訪れる月見客も、さすがに深夜まで残る者は少なく、おそらく山の中に残された芭蕉は、伝説中の姥と直接向き合うような感慨を抱いたのであろう。季語は「月」で秋。


*雑談集―其角編。元禄五年刊。発句・連句・俳文集。半紙本二冊。

*あの中に…―あの丸く輝く名月の中に蒔絵を施して、それで一献酌みかわしたいものだ、の意。「月」に「杯《つき》」を掛ける。

*十六夜…―十五日の名月は姨捨山で賞したが、その素晴らしさのために立ち去り難く、この十六夜の月も、まだ同じ更科の地にいることだよ、の意。

34

行く春や鳥啼《な》き魚《うを》の目は泪《なみだ》

折から春が行こうとしている。これから旅立つ私にとっては、去りゆく季節の哀感と旅立ちへの感慨から、鳥も別れを惜しんで啼き、魚も悲しんで涙を流しているかのように思われることだ。

【出典】元禄七年成『おくのほそ道』〈千住〉

元禄二年（一六八九）三月二十七日、前年八月に江戸に戻っていた芭蕉は、今度は門人の曽良《そら》を伴って、「奥の細道」の旅に出発した。下野《しもつけ》、陸奥《みちのく》、出羽《でわ》、越後、越中、加賀、越前の各地を訪れ、八月下旬に美濃大垣《みのおおがき》に到着。さらに九月六日に伊勢の遷宮を拝もうと船出をするまで、約五ヶ月、行程六百里（約二四〇〇キロメートル）に及ぶ一大行脚《あんぎゃ》であった。

前文は、いよいよ江戸を離れる場面。月末の二十七日は、新月が近く、月

【前文】

弥生《やよい》も末の七日、明けぼのの空朧々《ろうろう》として、月は有明《ありあけ》にて光収まれるものから、富士《ふじ》の峰かすかに見えて、上野《うえの》、谷中《やなか》の花の梢、又いつかはと心細し。睦《むつ》まじき限りは宵より集ひて、舟に乗りて送る。千住といふ所

明かりもそれほど強くはない。そんな中を、芭蕉たちは千住《せんじゅ》まで隅田川を舟で遡ってきたのである。千住は、日光街道最初の宿駅で、現在の東京都足立区の地名。「三千里」は、漢詩によく出て来る言い方で、もちろん正確に三千里あるというわけではなく、道のりの長いことをこのように言ったのである。続く「幻の巷《ちまた》」は、人間の儚《はかな》い営みを表現した言葉。

この句は、千住まで見送ってくれた人々に残した*留別吟《りゅうべつぎん》である。「行く春」は春の末のこと、暮春。「目は泪《なみだ》」は「目に涙をたたえている、涙を流している」の意。人々との別れを惜しむ気持ちと、春の終りを惜しむ気持ちの両方を込めて挨拶としたのである。

もちろん、鳥や魚は本当に泣いているわけではない。人々との別れを惜しむ自分にとっては、鳥も悲しんで泣き、魚も涙を流しているように見えるというのである。

初案は「鮎《あゆ》の子の白魚送る別れかな」であった。『おくのほそ道』に収録するにあたり、巻末の「行く秋の二見《ふたみ》に分かれ行く秋ぞ」に合わせて、「行く春」と改案したと考えられる。

にて舟をあがれば、前途《せんど》三千里の思ひ、胸にふさがりて、幻の巷《ちまた》に離別の泪《なみだ》をそそぐ。

*留別吟―見送られる人が、見送る人に別れの挨拶として詠む歌や句。

35

夏草や兵《つはもの》どもが夢の跡

【出典】元禄七年成『おくのほそ道』〈高館〉

むかし兵《つわもの》たちが功名を競って戦った戦場ではあるが、今となってはそれも夢のごときもの。昔日《せきじつ》と変わりないのは、野に逞しく茂る夏草ばかりである。

「奥の細道」の旅の途次、奥州平泉の高館《たかだち》で、源義経が藤原泰衡《やすひら》の軍に囲まれて自害した過去の歴史に対する懐旧の情を述べた句。芭蕉の供をしていた曽良が旅行中に付けていた『随行日記』*には載っておらず、後の『猿蓑《さるみの》』*に「奥州高館にて」と前書きして収録するのが初出であるから、じつは旅中の作ではなく、後から詠んだものと推測される。

『おくのほそ道』の本文は、義経の館のあった高館からの遠望を叙してス

【前文】
三代の栄耀《ええう》、一睡《いっすい》の中《うち》にして、大門《だいもん》の跡は一里こなたにあり。秀衡《ひでひら》が跡は田野になりて、金鶏山《きんけいざん》のみ形を残す。まづ高館《たかだち》にのぼれば、北上川南部より流るる大河《たいが》なり。衣川《ころもがは》は和泉《いづみ》が城《じやう》をめぐりて、高館の下にて大

ケールが大きい。

「三代の栄耀」とは、清衡《きよひら》・基衡《もとひら》・秀衡《ひでひら》の奥州藤原氏三代の栄華を指す。終り近くに見える「国破れて山河あり」の句は、有名な杜甫《とほ》の五言律詩「春望」による表現である。

さて、この章段の特徴は、人間の営みの儚《はかな》さと、自然の悠久とを対比的に扱っている点にある。このように、歴史の有為転変《ういてんぺん》を旅先で実際に目にし、さまざまな感慨にふけったことによって、「万代不易《ふえき》」「天地流行」の二面から俳諧の本質を捉えようとする「不易流行」説が発展していったのである。

「不易」とは永遠に不変な本質をいい、「流行」とは一時たりとも停滞しない変化をいう。そして、この矛盾する両者を統一させる絶対的な理念として「風雅の誠」があるというのである。

『去来抄』*には、「この行脚《あんぎゃ》のうちに工夫し……この年の冬、初めて不易流行の教へを説き給へり」とあって、芭蕉が「不易流行」説を着想したのは、まさに「奥の細道」の旅行中であったことが判る。この「不易流行」説は、晩年に提唱した「かるみ」と合わせて、芭蕉の到達した俳諧観を考える上で重要である。


河に落ちいる。泰衡らが旧跡は衣《ころも》が関を隔てて南部口をさし堅め、夷《えぞ》を防ぐと見えたり。さても義臣すぐってこの城に籠もり、功名一時《いちじ》の叢《くさむら》となる。国破れて山河あり、城春《じやう》にして草青みたりと、笠打ち敷きて、時の移るまで涙を落とし侍りぬ。

＊随行日記―曽良著。一冊。元禄二年と四年の日記で、前者は「奥の細道」随行時に、旅の事実を記録したもの。旅中の作品を書き留めた「俳諧書留」、旅の準備で作成された「歌枕覚書」なども含む。『おくのほそ道』研究上の重要資料。
＊猿蓑―39参照。
＊去来抄―39参照。

36 閑《しづか》さや岩にしみ入る蝉の声

【出典】元禄七年成『おくのほそ道』〈立石寺〉

―夕暮れ時の立石寺《りゅうしゃくじ》は、静まりかえっている。ただ蝉の声が岩に沁み入るように聞こえている。―

この句も「奥の細道」の途次、山形の立石寺《りゅうしゃくじ》を訪れたときの吟である。

立石寺は、天台宗の寺院で、山号は宝珠山。貞観《じょうがん》二年（八六〇）、慈覚大師円仁《えんにん》によって開創されたと伝える。度々の兵火で荒廃したが、天文《てんぶん》十二年（一五四三）、円海によって中興された。奇岩怪石と清流に恵まれた岩山にある。江戸時代は上野寛永寺の末寺であった。通称は「山寺」、「りっしゃくじ」とも言う。

【前文】山形領に立石寺といふ山寺あり。慈覚大師の開基にして、殊に清閑の地なり。一見すべきよし、人々の勧むるによりて、尾花沢《おばなざは》よりとつて返し、その間七里ばかりなり。日いまだ暮れず。梺《ふもと》の坊に宿かりおきて、山

この句、曽良の『随行日記』に、「立石寺」という前書で「山寺や石にしみつく蟬の声」とあるのが初案であった。また『*初蟬』や『*泊船集《はくせんしゅう》』などには「さびしさや岩にしみ込む蟬の声」として載る。

ところで、この句に詠まれた情景については、いろいろな議論がある。詠まれた時間は、『おくのほそ道』の本文に「日いまだ暮れず」とあるから、夕方近くである。しかし、蟬の種類や鳴き方については、いったいどう解釈したら良いだろうか。

芭蕉がこの寺を訪れたのは、旧暦の五月二十七日（太陽暦七月十三日）、まだ*初蟬《はつぜみ》の頃であった。したがって一匹の蟬が鳴き出したとする解釈が一般的である。そして、各地に普通に分布し、梅雨明けの頃から現われる蟬といえばニイニイゼミである。おそらくは、夕暮れ時に岩山に立ち、その眺望を目にしたところ、ニイニイ、チイチイという一匹の蟬の鳴き声が聞こえてきたのであろう。その微かな蟬の鳴き声によって、あたりの静寂がより意識されたのである。

なお、この句を詠んだ日、芭蕉と曽良は山寺の宿坊に一泊している。

上の堂にのぼる。岩に巌《いはほ》を重ねて山とし、松柏年ふり、土石老いて、苔滑らかに、岩上の院々扉を閉ぢて、物の音聞こえず。岸をめぐり、岩を這ひて仏閣を拝し、佳景寂寞《かけいじゃくまく》として、心澄みゆくのみ覚ゆ。

＊初蟬—風国編。元禄九年刊。発句・連句集。半紙本二冊。芭蕉の遺吟二十五句を収録するが、杜撰《ずさん》な点が多いとされる。

＊泊船集—風国編。元禄十一年刊。発句集。半紙本三冊。芭蕉作品集の嚆矢《こうし》で、「野ざらし紀行」もこの集で初めて刊行された。

＊初蟬の頃—鳴き始めた頃の蟬。蟬は、夏の半ば、すなわち旧暦の五月頃から鳴き始めるとされる。

37

五月雨《さみだれ》をあつめて早し最上川《もがみがは》

【出典】元禄七年成『おくのほそ道』〈大石田〉

このところ降りしきる五月雨。その水は最上川に集まって急流となり、眼前をとうとうと流れていくことよ。

これも「奥の細道」の旅中で詠まれた句。最上川は、山形県南端の吾妻《あずま》山北面を源とする。米沢《よねざわ》、長井、山形、新庄の各盆地のすべての河川を合わせ、庄内平野を北西に流れて、酒田で日本海に注ぐ。わが国屈指《くっし》の大河であるとともに、東北地方の水運の要衝《ようしょう》となる河川である。

この句、もともとはその最上川の河港、大石田の高野一栄《いちえい》の句会で興行された歌仙《かせん》の発句である。曽良の『随行日記』には、「五月雨を集めて涼し最

【前文】

最上川は陸奥《みちのく》より出でて、山形を水上《みなかみ》とす。碁点《ごてん》、隼《はやぶさ》などいふ恐ろしき難所《なんじょ》あり。板敷山《いたじきやま》の北を流れて、果ては酒田の海に入る。左右山覆《おほ》ひ、茂みの中に舟を下す。これに稲《いね》つみたるをや、いな舟とはいふ

上川」とある。この『随行日記』の句形が初案であるが、注目すべきは、中七の「集めて涼し」である。この表現は、大石田で最上川を眺めた印象であると同時に、亭主である一栄への挨拶の意も込められている。すなわち、一栄の人柄やもてなしぶりを寓して「涼し」と表現したのである。

この発句に対し、一栄は「岸にほたるをつなぐ舟杭」と脇句を付けた。これは、日が沈んで涼しくなった最上川の岸辺の舟杭に蛍が止まっている情景を詠んだ句であるが、じつは芭蕉を「蛍」に、そしてその「蛍」が止まっている「舟杭」を、芭蕉がまさに立ち寄っている最上川河畔の自分の家に、それぞれ見立てた挨拶の句なのである。

ところが、数日の滞在の後、一栄の許を辞去した芭蕉が実際に舟に乗ってみると、さすがに五月雨の季節の最上川の流れは激しかった。そこで、中七の「涼し」を「早し」と改めた。実際の川の様子を表現するために「涼し」でなく「早し」という言葉を選んだのである。

つまり、同じ句でありながら、この「涼し」と「早し」の違いは、単純な推敲《すいこう》ではなく、句を詠んだ状況に応じた変更であることが分かる。その時と場合によって、表現することの中心が変わったのである。

ならし。白糸の滝は、青葉の隙々《ひまひま》に落ちて、仙人堂、岸に臨みて立つ。水漲《みなぎ》って、舟危《あや》ふし。

【語釈】○碁点、隼―最上川の船運の難所。大石田より上流。○板敷山―最上郡戸沢村と鶴岡の間に位置する歌枕。○いな舟―最上川で使われた幅の細長い舟。否《いな》というように船首を振るところから呼ばれた。○白糸の滝―戸沢村草薙の北岸から流れ込む滝。○仙人堂―義経の従者常陸坊海尊を祀る小社。白糸の滝より二・五キロ上流の北岸にある。

38

蛤《はまぐり》のふたみに分かれ行く秋ぞ

【出典】元禄七年成『おくのほそ道』〈大垣〉

離れがたい蛤《はまぐり》の蓋《ふた》と身のように、別れがたい私たちにも別離の時がきた。折しも秋が過ぎ去っていく季節であるが、私も二見《ふたみ》ケ浦へと新たに旅立っていく。

【前文】旅の物憂さもいまだ止まざるに、長月六日になれば、伊勢の遷宮おがまんと、また舟に乗りて、

『おくのほそ道』の最終章である岐阜大垣《おおがき》の条に出る句で、紀行全体の結びの吟である。もともとは、大垣から伊勢長島に向かう舟の中で詠まれたもので、大垣の連衆《れんじゆう》に対する留別吟《*りゆうべつぎん》であった。

蛤《はまぐり》は二見《ふたみ》の名物。また、西行に「今ぞ知る二見の浦の蛤を貝合せとて覆《おほ》ふなりけり」（山家集・下・雑）という歌がある。これによって、「蛤の」を、ちょうど二見の枕詞のように用いて、「蛤の二見」とした。なおこの表現に

＊留別吟―34に既出。

は、蛤の「蓋《ふた》」と二見の「二《ふた》」に掛詞が用いられている。

また、「行く」も、「分かれ行く」と「行く秋」の言い掛けである。そして、「蛤のふたみに分かれ行く」には、離れがたい蛤の蓋と身が剝がされるように、私たちもじつに離れ難い思いで別れていくのだ、という気持ちが込められている。つまり、この句は、いっけん何でもないような句であるが、幾重にも言葉の技巧が積み重ねられて詠まれたものである。

なお、『おくのほそ道』本文の最後にある「また舟に乗りて」は、出発の時の「舟に乗りて送る」「舟を上がれば」に照応する表現。また、出発の時に詠まれた「*鮎《あゆ》の子の」の句は、この末尾の句の「行く秋」に合わせて、「行く春」と推敲されている。

この元禄二年（一六八九）は、伊勢神宮で二十年ごとに行われる*遷宮式《せんぐうしき》の年であった。九月十日に内宮《ないくう》の、十三日には外宮《げくう》の遷宮式が行われている。芭蕉は、これを拝観するために二見へと向かうのである。普通の紀行であれば、目的地にたどり着いて終りとなる。しかし、新たな旅立ちで一編を結ぶところが、いかにも芭蕉らしい。

＊「鮎の子の」の句—34参照。
＊遷宮式—遷宮の際に行われる神事。遷宮とは、神殿を造営、改修するとき、神座を移すこと。伊勢神宮では、二十年ごとに行っている。

39

初しぐれ猿も小蓑《こみの》をほしげなり

【出典】元禄四年刊『猿蓑』

初《はつ》時雨《しぐれ》がはらはらと降ってきた。ふとかたわらを見ると、猿が一匹寒そうにしている。その姿はまるで、小さい蓑を欲しそうな様子であることだ。
蓑を着こんで山路を行くと、折から冬の訪れを告げる初時雨がはらはらと降ってきた。

元禄二年（一六八九）九月下旬、伊勢神宮を参拝した後、芭蕉は伊賀上野へ向かう。その途中、伊勢久居《ひさい》から上野への山中での吟。これが後に『猿蓑』*の巻頭に据えられることになる。

『猿蓑』は「俳諧七部集」の一つで、「俳諧の古今集」と称される撰集。『去来抄』*には、「猿蓑は、新風の始め、時雨はこの集の眼目」と評されているが、その書名はこの句によったものである。なお、この句は『卯辰集《うたつしゅう》』*

*猿蓑―去来・凡兆編。元禄四年刊。発句・連句集。半紙本二冊。俳諧七部集の第五集。蕉風俳諧の到達点を示し、「俳諧の古今集」と呼ばれる重要な撰集。

*去来抄―去来著。宝永元年以前の成立。俳論書。「先

にも収録されているが、それには「伊賀へ帰る山中にて」と前書がある。

「初時雨」は、冬になって初めて降る時雨で冬の季語。秋の末から冬の初めにかけて、ぱらぱらと通り雨のように降る雨。「も」は並列の意を示す副助詞で、ここは「人間だけでなく猿も」の意。

「ほしげ」とは、形容詞「欲しい」の語幹に接尾語の「げ」が付いたもの。この「げ」は様子や気配、感じを表す接尾語で、ここでは「欲しそうな様子で」の意。ただし、品詞としては「欲しげなり」で一語の形容動詞である。

ところで、この猿は、初時雨が降って来たことを、迷惑がったり嫌《いや》なことだと思ったりしているわけではない。初時雨の風情は、和歌や連歌の世界では大切に詠まれてきた。「その初時雨を猿でさえも楽しもうとしている。なんと小蓑をほしそうにしているじゃないか」、と詠んだところに、この句の俳諧性がある。

なお、真蹟懐紙には「暑かりし夏も過ぎ、悲しかりし秋も暮れて、山家に初冬を迎へて」と前書きしたものがある。

この年の十二月、芭蕉は京の嵯峨の*落柿舎《らくししや》で「長嘯《ちやうせう》の墓もめぐるか鉢叩《はちたた》き」の句を作り、歳末は近江義仲寺《ぎちゆうじ》の無名庵《むみようあん》にあって越年する。


師評」「同門評」「故実」「修行」の四篇から成る。自筆稿本が残り、写本で流布した。安永三年の刊本は「故実」を欠き、字句にも改竄《かいざん》がみられる。

*卯辰集―北枝編。元禄四年刊。発句・連句集。半紙本二冊。

*落柿舎―嵯峨小倉山の麓に、去来が構えていた別宅。

40

薦《こも》を着て誰人《たれびと》ゐます花の春

【出典】元禄三年序『其俗《そのふくろ》』

正月になつて、巷《ちまた》には着飾った人々が出歩いているが、その中に薦《こも》を着た乞食がいる。貧しそうな身なりではあるが、もしかしたら立派な世捨人《よすてびと》のどなたかではないだろうか。

【前書】都近き所に年を取りて

元禄三年（一六九〇）の歳旦句《さいたんく》として詠まれた句だが、当時としてはスキャンダラスな句として受け止められたらしい。すなわち、おめでたいことを詠むのが慣例の正月の句に、汚《きたな》らしい薦《こも》かぶりを詠むとは何事か、という批判があったことを、芭蕉自身が四月十日付此筋《しきん》・千川宛の手紙の中で報じている。

ただし、芭蕉は『撰集抄《*せんじゆうしよう》』の影響で、俗世に合わず、世を捨てて乞食を

＊撰集抄―28に既出。

している人の中にこそ、本当の賢人がいると考えていた。そこで、正月にもかかわらず、薦をかぶっている乞食に対して、「どなたか立派な世捨人がいらっしゃるのではないですか」と呼びかけた体《てい》にして一句を仕立てたのである。

「薦」は、本来は真菰《まこも》を粗《あら》く編んだ筵《むしろ》を言う言葉だが、「薦を着る」で「乞食をする」という意味になる。ちなみに、「薦を被《かぶ》る」「薦を被《かず》く」も同じ意味である。「誰人」は、不定称の人代名詞で、何という人、どんな人という意。

また、「ゐます」は「坐《いま》す」で、尊敬語の「ます」に、接頭語「い」の付いたもの。存在を表わす「あり」「をり」の尊敬語で、いらっしゃる、おいでになるの意である。和文に使われるときは、軽い非難や揶揄《やゆ》が込められていたり、田舎びて、古風で形式的な語として扱われていたりして、敬度は「おはす」より低い。ただし、この句の場合は、『撰集抄』の世界をイメージしているので、古風なイメージを喚起するために用いられたのであろう。

なお、季語は「花の春」で新年。文字どおり「花の咲く春」の意だが、おめでたい「新年」「新春」の意味がある。

41

まづ頼む椎《しひ》の木もあり夏木立《なつこだち》

【出典】元禄四年刊『猿蓑』

漂泊の我が身であるが、やはり雨露をしのぐ木陰はありがたい。ここにはいかにも頼りになりそうな立派な椎の木があることだよ。

その後、芭蕉はいったん伊賀上野に帰り、三月中旬になって再び膳所《ぜぜ》へ戻った。そして、四月六日から七月二十三日まで、静養のため国分山にあった*曲水《きよくすい》の幻住庵《げんじゆうあん》に入る。この句は、その折の吟で、「幻住庵記」の末尾に記されている。漂泊の身でありながら、しばらく幻住庵で過ごすことができる安堵の気持ちを詠んだもの。実際に、幻住庵には椎の木があったらしい。

ここで、芭蕉は風邪を引き、持病の痔の下血にも悩まされた、しかし、そ

*曲水—近江膳所《ぜぜ》藩士。近江蕉門で最も芭蕉に信頼された。享保二年、不正をはたらいた家老を殺害して自刃した。五十八歳。子の内記も切腹、妻は出家し破鏡尼と称し、筑紫琴の名手として知られた。

の間にも、「市中は物のにほひや夏の月」の凡兆の発句に始まる三吟歌仙を興行するなど、京や膳所へも赴《おもむ》いて活動している。この幻住庵滞在の様子は、俳文「幻住庵記」に記されたが、そこには、つぎのような有名な一節がある。

つらつら年月《としつき》の移りこし拙《つたな》き身の科《とが》を思ふに、ある時は仕官懸命《しかんけんめい》の地をうらやみ、一度《ひとたび》は仏籬祖室《ぶつりそしつ》の扉《とぼそ》に入らむとせしも、たどりなき風雲《ふううん》に身をせめ、花鳥《くわてう》に情《じやう》を労《らう》して、しばらく生涯の計《はか》り事とさへなれば、終《つひ》に無能無才《むのうむさい》にしてこの一筋《ひとすぢ》につながる。＊楽天《らくてん》は五臓《ござう》の神《しん》を破り、＊老杜《らうと》は痩せたり。賢愚文質《けんぐぶんしつ》の等しからざるも、いづれか幻《まぼろし》の栖《すみか》ならずやと、思ひ捨てて臥《ふ》しぬ。

すなわち、「つらつら我が身を振り返ってみると、仕官や出家に興味を持ったこともあったが、とうとう俳諧が自分の進む道となった。白居易や杜甫には及ばないかもしれないが、この世の中、すべては幻であると思い捨てて、くよくよ悩むのはやめることにする」というのである。特に「無能無才にしてこの一筋につながる」という表現は、一見、謙虚な言葉遣いでありながら、逆説的に俳諧に対する強い自信を示したものとして注目される。なお、「市中は」の歌仙と「幻住庵記」は、『猿蓑』に収録されている。

＊楽天―白居易。11に既出。
＊老杜―杜甫。09に既出。

42

病雁《やむかり》の夜寒《よさむ》に落ちて旅寝《たびね》かな

【出典】元禄四年刊『猿蓑』

この晩秋の寒さの中、病気になって群れから離れた雁が近くに降りてきて、私と同じように旅寝をしていることだ。

【前書】堅田にて

元禄三年（一六九〇）の秋の作。『猿蓑』に「堅田《かただ》にて」という前書とともに収録される。季語は「雁」と「夜寒」で秋。雁は、北から日本へ渡ってくる季節が秋なので、秋の季語とする。夜寒は晩秋の夜に寒さを覚えること。

「病雁」の読みについては、「やむかり」「びょうがん」「やむがん」の三説がある。ただし、「やむがん」説は支持者が少ない。一般的に、漢語は重々しく、和語は柔らかな語感があるとされる。「やむかり」は穏やかだが「びようがん」は冷たく厳しい響きになる。
「落ちて」の「落つ」とは、この場合、鳥や獣が降り立つことで、落下するということではない。この句、文字通りに読めば、病雁が旅寝をしていることになるが、芭蕉の句には、「田一枚植えて立ち去る柳かな」のように、「て」を介して主語が転換すると考えられる用例があるので、この句も、旅寝の主体は芭蕉自身であるとする説もある。

両説のどちらと決定するのは難しいが、実際に芭蕉は、この年の九月下旬に堅田で風邪を引いたらしい。「堅田に病み伏して」という前書を付けてこの句を記した「さるみの発句」と呼ばれる懐紙も残っているので、自身の旅寝の侘びしさを一羽の病雁に投影した句であることは確実である。

なお、『*去来抄《きょらいしょう》』には、この句と「*海士《あま》の屋は小海老《こえび》にまじる竈馬《いとど》かな」という句のどちらを『猿蓑』に入集させるべきか、凡兆《ぼんちょう》と去来に尋ねたという逸話が記されている。「小海老」の句を推す凡兆と、「病雁」の句を推す去来の意見が対立し、結局どちらも入集させたのだが、芭蕉は「病雁を小海老などと同じごとく論じけり」と言って笑ったという。

＊去来抄―39に既出。

＊海士の屋は…―漁師の苫屋の土間に、獲れた海老を入れた笊《ざる》が置いてある。するとそこに「いとど」（カマドウマ）が止まって鳴いている、という秋の鄙びた情緒を詠んだ句。従来の和歌・連歌では詠まれなかった「いとど」を取り上げた点が工夫である。

43

都出《い》でて神も旅寝の日数《ひかず》かな

【出典】元文二年成『雨の日数』

頃は折しも神無月《かんなづき》。諸国の神々が出雲《いずも》へ旅をする月です。私もちょうど神々の旅行と同じくらいの時間をかけて、京都からここまでやって来たところです。

【前書】長月の末、都を立ちて、初冬の晦日《みそか》近き程、沼津に至る。旅館の主の所望によりて、風流捨て難く、筆を走らす

元禄三年（一六九〇）以降も、芭蕉は引き続き大津や義仲寺《ぎちゅうじ》に滞在し、近江や京都の門人たちと俳諧の席を重ねた。この時期は、「灰汁桶《あくおけ》の雫《しずく》やみけり蟋蟀《きりぎりす》」の四吟歌仙や、「鳶《とび》の羽《は》も刷《カイツクロヒ》ぬ初時雨」の四吟歌仙など、後に『猿*蓑』に収録される作品が成立している。元禄三年は、大津の乙州《おとくに》宅で越年したが、「人に家をかはせて我は年忘れ」という句を吟じている。

また、元禄四年四月、芭蕉は嵯峨の去来《きょらい》の別荘である落柿舎《らくししゃ》に入り、五月

四日まで滞在。この間に「*嵯峨日記」を執筆した。その後、芭蕉は、京の凡兆宅に移り、『猿蓑』の編集に去来、凡兆らと取り組む。『猿蓑』は、この年の七月に刊行され、編者は去来・凡兆とされるが、実際は芭蕉の強い指導下に成ったものである。そして九月下旬になり、ようやく江戸への帰途に就いた。

この句は、江戸へ戻る途次、元禄四年十月末に、東海道の沼津に到着した折、宿の主人から所望されて詠んだ句である。一ヶ月かけて旅をしてきたことを、十月の異名である*神無月に因《ちな》んで、私も神様たちと同じようにひと月かけてここまで来ましたと、主人への挨拶としたのである。

しかし、芭蕉は江戸に着いてから、これを江戸帰着の挨拶の句として流用したらしい。十一月十三日付の曲水《きょくすい》宛書簡をはじめ、『*をのが光《ひ》』『*陸奥鵆《むつちどり》』『*泊船集《はくせんしゅう》』などにも収録されている。なお、『をのが光』以下の諸書には、いずれも深川の芭蕉庵に帰った旨の前書が付されているが、実はもとの庵は「奥の細道」の旅立ちの際に売り払ってしまっていた。その旧庵の近くに新たに芭蕉庵が建てられたのは、翌年の元禄五年五月中旬である。

以後、元禄七年春まで、芭蕉は江戸に滞在する。その間、「かるみ」の吟調を工夫すると同時に、『おくのほそ道』の執筆を進めていたと考えられる。

*猿蓑―39に既出。

*嵯峨日記―元禄四年四月十八日に落柿舎に入った芭蕉が、五月四日までの滞在中の出来事を日記風に記した俳文。

*神無月―陰暦十月の異名。俗説では、全国の神々が出雲大社に集まるため、諸国が「神無しになる月」だからという。

*をのが光《ひ》―車庸編。元禄五年序。発句・連句集。半紙本一冊。

*陸奥鵆―桃隣編。元禄十一年刊。発句・連句集・俳諧紀行。半紙本五冊。

*泊船集―36に既出。

44

鶯《うぐひす》や餅《もち》に糞《ふん》する椽《えん》の先

【出典】元禄五年刊『葛の松原』

早春の縁先《えんさき》に鶯の声がする。見ていると、あれあれ、干《ほ》してあった餅に糞を落として飛び去って行ってしまったことだよ。

【語釈】○椽―本来の音はテンで、棟から軒に渡す木材である垂木を指す。ここは「縁」の代用。

「奥の細道」の旅と、それに続く上方《かみがた》滞在を終えて久しぶりに江戸に帰った芭蕉は、次第に「かるみ」の俳諧を工夫するようになる。その成果の一つとして芭蕉が自讃したのが、この元禄五年（一六九二）春に詠んだ句である。

すなわち、元禄五年二月七日付杉風《さんぷう》宛書簡にこの句を記して、「日ごろ工夫の処にて御座《ござ》候ふ」と書き添えている。この書簡中に「かるみ」という言葉は使われていないが、新風を模索していたことがうかがえる記述である。

一般に「かるみ」とは、「高く心を悟りて俗《ぞく》に帰る」（三冊子《*さんぞうし》）ことであると理解されている。「高悟帰俗《こうごきぞく》」とも言われるが、つまり、高い心境を心に持ちつつ、表現は軽く平淡に詠むことを理想とする。

この句の場合、正月に準備した餅が残っていたものを、黴《か》びてしまわないように天日干《てんぴぼ》しにしているのである。そこに早くも鶯がやってきて、なんと糞をして飛び去ってしまった。たしかに、表現には俗な要素があるが、春ののどかな季節感がそこはかとないおかしみで表現されている。和歌以来の伝統では、「花に鳴く鶯」を詠むものであるが、それを「餅に糞する鶯」と、日常卑近な情景に詠み替えたところに俳諧性がある。

土芳《*どほう》は、「詩歌連俳《しいかれんぱい》はともに風雅なり。上三*のものには余す所もあり。その余す所まで、俳は至らずといふ所なし。花に鳴く鶯も、餅に糞する縁の先と、まだ正月もおかしき頃を見とめ、又、水に住む蛙《かはず》も、古池に飛び込む水の音といひ放して、草に荒れたる中より蛙の入る響きに、俳諧を聞き付けたり」（三冊子）と、「古池や」の句とこの句をあげて、漢詩・和歌・連歌に対する俳諧の独自性を主張している。

*三冊子―15に既出。

*土芳―15に既出。
*上三のものには…―漢詩・和歌・連歌の三者が詠まない題材まで、俳諧では詠まないということはない。

45

朝顔や昼は鎖《ぢやう》おろす門《もん》の垣《かき》

【出典】元禄七年刊『藤の実』

早朝の間は門を開くが、昼になれば錠《じよう》を下ろして面会を断《ことわ》ってしまう。そんな私の心を知ってか知らずか、朝の間は垣根に朝顔がきれいに咲くことだよ。

【前書】閉関《へいかん》のころ

元禄六年（一六九三）三月下旬、甥の桃印《とういん》が三十三歳で没した。桃印没後、芭蕉を頼ってきた寿貞《じゆてい》（桃印の妻であったと推定されている）や、次郎兵衛（寿貞の息子）のことも気にかけなければならなかったらしい。芭蕉も七月になると、暑さのため衰弱が激しく、盆《ぼん》過ぎから約一ヶ月間は門戸を閉ざして面会を断った。この時、芭蕉五十歳。その心情を記した俳文が、有名な「＊閉関之説《へいかんのせつ》」である。

＊閉関之説―元禄六年秋の作。「閉関」とは、門を閉じて世俗との交際を絶つこと。『芭蕉庵小文庫』『けふの昔』などの諸書に載る。

「色は君子の悪《にく》む所にして、仏も五戒のはじめに置けりといへども」という書き出しで始まるこの俳文は、まず、年を取ってからの物欲《ぶつよく》や金銭欲よりも、色欲の方がはるかに罪が許されるべきである、と記している。また、人生のうち、身の盛りはわずかに二十年くらいで、五十歳を過ぎれば煩悩《ぼんのう》や貪《とん》欲《よく》に悩まされる。そこで、『荘子《*そうじ》』に言うように、利害や老若《ろうにゃく》を忘れることこそ、老いの楽しみであるとも言っている。

「人来たれば、無用の弁あり。出でては他の家業を妨ぐるも憂し。……友なきを友とし、貧しきを富めりとして、五十年の頑夫《がんぷ》、自《みずか》ら書し、自ら禁戒《きんかい》となす」と文章を結んで、その末尾に記したのがこの句である。

季語は「朝顔」で秋。昼になると凋《しぼ》んでしまう朝顔に、昼間から錠を下ろして閉じ籠もっている自分の姿を重ねた表現である。中七が字余りになっているが、土芳《*どほう》は『三冊子』で、この句を字余りの例句として挙げ、「無くて成りがたき所を工夫して味はふべし」と解説している。字余りというのは、どうしても字余りにしなければならなくてそうなっているという点を味わうものである、というのである。

＊荘子―13に既出。

＊土芳―15に既出。

46

梅が香《か》にのっと日の出る山路《やまぢ》かな

【出典】元禄七年序『炭俵』

まだ明け方、早春の山路をたどると、どこからか梅の香が漂ってくる。その香に心を惹《ひ》かれていると、急に日の出の眩《まぶ》しい光が射して、目の前に太陽がのっと顔を現したことだよ。

その後、元禄六年（一六九三）の冬頃から、芭蕉は、新たに門人となった三井越後屋《えちごや》の手代の*野坡《やば》、*利牛《りぎゅう》、*孤屋《こおく》らと「かるみ」の俳諧を目指し、*『炭俵《すみだわら》』の編集を進めていく。

この句は、元禄七年の作だが、「のっと」の言葉遣いが印象的で、典型的な「かるみ」の句として知られている。

「のっと」とは、思いがけない時に、突然目の前に現われたり、急に動い

*野坡―志田氏。蕉門十哲の一人。越前福井で生まれ、幼くして江戸に出て、越後屋の手代となった。『炭俵』以降、本格的に俳諧活動を開始。門人に京の風之、広島の風律などがいる。一七四〇年没。七十九歳。

*利牛―越後屋の手代。池田

たりする様を表わす語で、「ぬっと」と同じ意味である。しかし、語感には違いがある。俗語だが、卑俗さを感じさせず、絶妙な言葉の選択であると言えるだろう。

なお、去来《きょらい》の『旅寝論*』には、其角《きかく》の言葉として、この「のっと」を真似して、「すっと」「きっと」などと句作する門人がいたことを伝えている。其角は、芭蕉の「のっと」は誠の「のっと」であって、門人たちの「きっと」「すっと」は、「きっと」も「すっと」もしない、まったく見苦しいことだと嘆いている。

季語は「梅が香」で春。そもそも、梅といえば香を詠むことが多く、特に林《りん》和靖《なせい》の「疎《そ》影《えい》横《わう》斜《しや》シテ水清浅《せいせん》、暗香《あんかう》浮動シテ月黄昏《くわうこん》」の詩句が有名である。そのため漢詩では、暗い月影の中を梅の香が漂ってくる情景が本意のようになった。この句の場合、直接的に林和靖の詩句を踏まえたものではないが、やはり、日の出前の薄明の中を梅の香が漂ってくるという情景は、こうした漢詩の伝統とも共通している。この句があまり卑俗な雰囲気を感じさせないのは、こうした典雅な世界とどこかで繋がっているからであろう。

利兵衛、また十右衛門。生没年未詳。

*孤屋―越後屋の手代。小泉小兵衛。生没年未詳。

*炭俵―野披・孤屋・利牛編。元禄七年序。半紙本二冊。発句・連句集。俳諧七部集の第六。当時から評判が高く、「かるみ」を代表する撰集とされる。

*旅寝論―去来著。元禄十二年序。俳論書。半紙本一冊。写本で伝わり、宝暦十一年に『去来湖東問答』として、さらに安永七年に『旅寝論』として刊行された。

47

麦の穂《ほ》を便《たよ》りにつかむ別れかな

【出典】宝永六年以前成『蕉翁句集草稿』

別れを惜しむ気持ちは堪えがたくて、ようやく路傍の麦の穂を摑んでわが身の支えとするような、そんな心細い気持ちになる別れであることだよ。

元禄七年（一六九四）五月、芭蕉は四国行脚《あんぎゃ》を期《き》し、＊次郎兵衛を連れて江戸を出発。いったん故郷に戻ってから、中国・九州方面へ足を延ばそうとの心づもりであったらしい。しかし、その素志《そし》を果たすことはなかった。すなわち、この旅立ちを最後として、十月には大坂で客死してしまうことになる。

この句は、その旅立ちの＊留別吟《りゅうべつ》である。東海道を川崎まで送ってくれた人々に対する別れの気持ちを込めたもので、自分の身体の衰えを感じつつ、

【前書】五月十一日、武府《ぶふ》を出でて古郷に赴く。川崎まで人々送りけるに

＊次郎兵衛―寿貞の子。寿貞については48を参照。

＊留別吟―34に既出。

旅立ちの心細さを詠んでいる。季語は「麦の穂」で夏。

なお、『*有磯《ありそ》海』『*泊船集《はくせんしゅう》』には、「人々、川崎まで送りて、餞別の句をいふ、その返し」と、川崎での句とするが、『*芭蕉翁行状記』や『*陸《む》奥鵆《つちどり》』では品川での作とする。また、『陸奥鵆』では江戸出立の日を「戌《いぬ》五月八日」とし、中七を「力につかむ」としている。こうした違いが生じた正確な事情は判らないが、あるいは見送った人々に、品川まで行った人々と、川崎までの人たちと、大きく二つのグループがあったのかもしれない。

ちなみに、『*炭俵』には、この折の門弟たちの餞別吟が載っている。「翁の旅行を川崎まで送りて」という前書で、利牛の「刈りこみし麦の匂ひや宿《しゅく》のうち」、「同じ時に」の前書で、野坡《やば》の「麦畑や出ぬけてもなほ麦の中」、「同じ心を」の前書で*岱水《たいすい》の「涼風や群がる蠅のはなれ際《ぎは》」の三句である。三句とも「麦」の題で載っているが、最後の岱水の句には「麦」は詠まれていない。とすれば、単純な推測だが、前書の「同じ時に」と「同じ心を」の違いは、見送りの場に居合わせたか否かの違いによるのではなかろうか。いずれにしても、利牛と野坡は、実際に川崎まで見送り、その時、芭蕉たち一行の目の前には、一面の麦畑が広がっていたのであろう。

*有磯海―浪化編。元禄八年刊。発句・連句集。半紙本二冊。上巻を「となみ山」、下巻を「有磯海」と題する。芭蕉が没する前後の蕉門の作風がうかがえる。
*泊船集―36に既出。
*芭蕉翁行状記―路通編。元禄八年刊。行状記・発句・連句集。半紙本一冊。
*陸奥鵆―43に既出。
*炭俵―46に既出。
*岱水―芭蕉庵近隣に住み、芭蕉と交流の深かった門人。生没年未詳。

48

数《かず》ならぬ身となな思ひそ玉祭《たままつ》り

【出典】元禄八年刊『有磯海《ありそ》』

自分のことを、取るに足りないわが身だなどと思うなよ。生前は遠慮がちだったお前だが、そんなに遠慮などせず、きちんと成仏《じょうぶつ》しておくれよ。

【前書】尼寿貞《あまじゆてい》が身まかりけると聞きて

江戸出立後、芭蕉は、鳴海《なるみ》、熱田《あつた》、名古屋などの門人と交遊しながら、五月二十八日に故郷の伊賀上野に到着。その後、閏《うるう》五月には伊賀上野を出て、夏の間、大津、膳所《ぜぜ》や、京都嵯峨の落柿舎《らくししや》に遊んだ。芭蕉晩年の「かるみ」を具現する『別座鋪《べつざしき》』*『炭俵《すみだわら》』*の二書が刊行されたのは、この時期であった。

そして、七月には盆会《ぼんえ》のため伊賀上野へ戻り、さる六月二日に江戸の芭蕉庵で亡くなった寿貞尼《じゆていに》に対して追悼句を手向《たむ》けた。それがこの句である。

＊別座鋪—子珊《しさん》編。元禄七年成。発句・連句集。半紙本一冊。五月に芭蕉が江戸を旅立つ際の送別会で詠まれた歌仙を収録する。また、序に「かるみ」に関する芭

「数ならぬ」とは、取るに足りないの意。「な—そ」は、禁止を表わすから、上五・中七は「取るに足らない身だと思うな」の意となる。季語は盆を意味する「玉祭り」で秋。

寿貞尼の経歴や、芭蕉との関係には不明な点が多い。かつて風律《ふうりつ》*の『小ばなし』によって、芭蕉の妾《めかけ》とする説が紹介されたが、昭和三十年代には甥の桃印《とういん》の妻とする説が提示された。最近も、もともと芭蕉の妾であった寿貞が桃印と駆落《かけお》ちをして夫婦となった、という説が出された。この説によれば、延宝末年の深川移居は、これが原因で江戸市中に居られなくなったためという。いっぽうで、桃印と寿貞は夫婦ではなかったとする説もある。

いずれにしても、芭蕉が強い哀惜《あいせき》の情を持っていたことは間違いなく、寿貞の死の報せをうけて、「寿貞仕合《しあわ》せなき者」「とかく申し尽くし難く候ふ」「何事も何事も夢幻《ゆめまぼろし》の世界、一言理屈はこれ無く候ふ」と述べている(六月八日付猪兵衛宛書簡)。

なお、この伊賀上野滞在中には、支考《しこう》らとともに『続猿蓑』*の編集を行っていることが注目される。そして、九月八日に伊賀上野を出発、奈良に一泊して大坂に向かう。

蕉の発言を引用している。
*炭俵—46に既出。

*風律—安芸広島の人で。漆器商。野坡門。多賀庵と号した。一七八一年没。八十四歳。

*続猿蓑—沾圃・芭蕉編、支考補編。元禄十一年刊。発句・連句集。半紙本二冊。俳諧七部集の第七集。

49

秋深き隣《となり》は何をする人ぞ

【出典】元禄八年序『笈日記《おい》』

秋が深まってきた今日この頃、家の中に引き籠もっていると、隣りの家にかすかに人の気配がする。何をしている人で、どのような生活を営んでいるのか、なんとなく気になることだよ。

九月八日に伊賀上野を出発した芭蕉は、奈良で一泊した後、九日に大坂に入る。九月十日は、晩方より熱が出て頭痛も激しく、門人たちを心配させたが、二十日頃には症状も回復。当時、弟子の洒堂《*しゃどう》と之道《*しどう》の関係が悪化していたが、その仲裁をしたり、連日の俳席を勧めたりするなどした。

しかし、九月二十九日の夜より泄痢《せつり》のため床に伏した。前書は、『笈日記《*おい》』の編者である支考《しこう》が付したものであるが、「明日の夜」とはその九月二十九

【前書】明日の夜は、芝柏《しはく》が方に招き思ふよしにて、発句遣はし申されし

＊洒堂―浜田氏。近江国膳所の医者。元禄六年に大坂に移住し、縄張り争いから之道と不仲になる。元禄十年頃に近江に戻った。一七三

日の夜を指している。この日、芭蕉は芝柏《しはく》邸へ招かれており、連句会を催す予定になっていた。ところが、体調が悪いために出席は困難であると考え、前日の二十八日にこの発句を作って芝柏の許へ届けたのであろう。『陸奥鵆《むつちどり》』には「大坂芝柏興行」という前書がある。

芭蕉は旅の途中であるから、もとより隣家の人を知るはずはない。しかし、体調がすぐれずに宿所に引き籠もっていると、その寂しさのために隣人の存在が何とはなしに意識されるのである。そして、その隣人への何気ない興味によって、あらためて自分の抱えている寂しさに気づかされるのである。

ただし、この句を解釈するときには、特に「旅行中の病身」と限定的に考える必要はあるまい。たとえ隣人が居たとしても、人間とはもともと孤独なものだ。しかし、そうだと分かっていても、やはり他人のことがどこか気になってしまう。そういう人間の根底にある両義的《アンビバレント》で矛盾した気持ちを、秋の深まっていく季節感によって見事に表現した句である。一句には諦観《ていかん》のような気分が漂うが、その気分と晩秋の季節感とが溶け合って、芭蕉が晩年に達した哀感と静寂とをよく示した句であるといえよう。

七年没。七十歳前後か。

＊之道―槐本氏か。大坂本町住。薬種商か。小西来山《らいざん》の門人だったが、大坂の俳人として、初めて芭蕉に入門した。元禄十年に諷竹と改号。一七〇八年没。五十歳か。

＊笈日記―15に既出。

＊芝柏―根来氏。大坂の俳人。鬼貫や月尋らと交遊した。一七一三年頃没。七十歳。

＊陸奥鵆―43に既出。

50

旅に病《や》んで夢は枯野《かれの》をかけめぐる

【出典】元禄八年序『笈日記』

> 旅の途中で病気になってしまったが、それでも夢の中では、どこか見知らぬ土地の枯野を駆け巡っていることである。

元禄七年（一六九四）九月二十八日の夜から病の床についた芭蕉は、その後、容態が悪化。十月五日には大坂南御堂《みどう》前の花屋仁右衛門《にえもん》の裏座敷に移り、膳《ぜ》所《ぜ》、大津、伊勢、名古屋などの各地の門人たちに急が知らされた。

この句は、十月八日の夜に詠まれ、看病していた呑舟《*どんしゅう》が書き取ったものである。なお、九日には、「清滝《きよたき》や波に散り込む青松葉」の句を改作しているが、この句はもともと夏に京都の嵯峨で詠んだ「清滝や波に塵《ちり》なき夏の

【前書】病中吟

＊呑舟―近江国大津の人。之道門。生没年未詳。

月」の推敲《すいこう》であるため、この「旅に病んで」の句がそのまま辞世の句となったのである。

季語は「枯野」で冬。支考の『笈日記《*おい》』には、死の床にあっても、中七・下五を「なをかけ廻る夢心」とした方がいいかどうか、推敲に迷っていたという逸話が書かれている。芭蕉自身もそうしたわが身を振り返り、「これを*仏の妄執と戒め給へる、直ちに今の身の上に覚え侍るなり」と感慨を洩らしたという。「夢心」の体言止めによる余情《よじょう》の効かせ方も悪くないが、やはり「かけめぐる」と動詞で結んだ方が素直で力強い印象がある。

十日、支考《しこう》に遺書三通を書き取らせ、みずからも兄平左衛門《へいざえもん》宛に一通を認《したた》めた。十一日の夕方には、上方《かみがた》行脚中の其角《きかく》が病床に駆けつけている。そして、ついに十二日申《さる》の刻（午後四時頃）、逝去。享年五十一歳。最期を看取《み》ったのは、去来《きょらい》や丈草《*じょうそう》、其角、乙州《*おとくに》らの門人たちであった。

その夜、遺骸は川船で淀川を伏見まで上った後、翌十三日に陸路で膳所の義仲寺《ぎちゅうじ》に着く。遺言により義仲寺の境内、木曽義仲《よしなか》の墓の傍らに埋葬されたのは、十四日夜子《ね》の刻（午後十二時頃）であった。門人で焼香《しょうこう》の者、八十名。会葬者は三百余名であったという。

＊笈日記―15に既出。

＊これを仏の妄執…―仏が妄執と戒めたのは、ちょうど今の私のように、病床にありながら、なおこのように俳句に執心することなのだ、といった意味。

＊丈草―内藤氏。尾張国犬山藩士で、後に遁世。京に上り、蕉門に入る。芭蕉没後は三年間の心喪に服した。蕉門十哲の一人。一七〇四年没。四十三歳。

＊乙州―河合氏。近江国大津の荷問屋。姉の智月、妻の荷月も芭蕉の弟子。物心両面から晩年の芭蕉を支えた。宝永六年に、芭蕉の遺稿『笈の小文』を刊行する。一七二〇年没。六十四歳。

俳人略伝

芭蕉は、寛永二十一年（一六四四）、伊賀国上野赤坂町の松尾与左衛門の次男として生まれた。幼名を金作、長じて松尾忠右衛門宗房と名乗り、通称を甚四郎といった。十三歳で父を亡くし、やがて藤堂良忠（俳号蟬吟）に仕え、そこで貞門俳諧に親しむ。ところが、寛文六年（一六六六）、良忠が二十五歳の若さで病没。その後しばらくの足取りは不明だが、俳諧師となるべく寛文末年か延宝初年頃には江戸へ下向、当時流行した談林俳諧の影響を受けて華々しく活動をはじめた。しかし、延宝八年（一六八〇）の冬、はっきりとした理由は不明だが、突如それまで住んでいた日本橋小田原町を離れ、深川に隠棲し芭蕉庵を結ぶ。ところが、天和二年（一六八二）にはその芭蕉庵を大火で焼かれ、一時甲州の知人宅に留寓した。こうした経験によって、芭蕉の作品は、談林風の影響を残しつつも、しだいに独自の侘《わ》びた境地を示すようになる。そして、貞享元年（一六八四）の『野ざらし紀行』の旅を契機として、いわゆる「蕉風俳諧」を確立。その後も庵住の生活と漂泊の旅とを繰り返し、多くの名吟を生み出した。とくに、元禄二年（一六八九）の『おくのほそ道』の旅と、それに続く『猿蓑』の編集は、芭蕉の俳諧にいっそうの深化をもたらした。晩年には、「不易流行」や「かるみ」などの優れた芸術理念を唱えたが、元禄七年十月十二日、滞在していた大坂で客死、五十一歳であった。遺言により、遺骸は近江の義仲寺に埋葬された。

略年譜

年号	西暦	年齢	芭蕉の事跡	歴史事跡
寛永二十一	一六四四	1	伊賀国上野赤坂町で誕生。	
明暦 二	一六五六	13	父松尾与左衛門没。のち藤堂良忠に出仕。	
寛文 四	一六六四	21	重頼編『佐夜中山集』に二句入集。	
六	一六六六	23	良忠没。	
十二	一六七二	29	『貝おほひ』を伊賀上野の天満宮に奉納。	石川丈山没
延宝 二	一六七四	31	『俳諧埋木』の伝授。やがて江戸へ下向。	狩野探幽没
三	一六七五	32	大坂から下向した宗因と一座。	阿部忠秋没
五	一六七七	34	この頃、宗匠として立机したか。	
八	一六八〇	37	日本橋小田原町から深川へ転居。	徳川家綱没
貞享 元	一六八四	41	八月、『野ざらし紀行』の旅。翌年四月末に江戸に戻る。	

三	一六八六	43	仙化編『蛙合』刊。「古池や」の句が載る。	
四	一六八七	44	秋、「あつめ句」を染筆。 八月、『鹿島詣』の旅。 十月、『笈の小文』の旅。	
五	一六八八	45	八月、『更科紀行』の旅。	
元禄二	一六八九	46	三月、『おくのほそ道』の旅。	
三	一六九〇	47	引き続き上方に滞在。	
四	一六九一	48	十月末、江戸に戻る。	
六	一六九三	50	七月、衰弱が激しく、盆すぎの約一ヶ月、面会を断つ。	井原西鶴没
七	一六九四	51	五月、西国行脚を志し、江戸を出発。 九月、大坂着。体調を崩す。 十月十二日、申の刻（午後四時頃）、逝去。 十月十四日、遺言により義仲寺に埋葬。	菱川師宣没

解説

「俳諧史における芭蕉の位置」――伊藤善隆

はじめに

本書では、芭蕉の「俳句」を取り上げた。しかしながら、近代の「俳句」と江戸時代の「俳諧」とは、厳密な用語としては同じものではない。そこで、以下では、簡単に俳諧や連句について解説を加え、あわせて俳諧史における芭蕉の位置を確認してみよう。

発句と連句

江戸時代の「俳諧《はいかい》（誹諧）」は、「連句《れんく》」を楽しむことが主流であった。連句とは「長句《ちょうく》」（五・七・五の句）と「短句《たんく》」（七・七の句）を交互に付けてゆく文芸で、百句連ねるものを「百韻《ひゃくいん》」、五十句連ねるものを「五十韻《ごじゅういん》」、三十六句連ねるものを「歌仙《かせん》」と呼ぶ。そして「発句」とは、その連句の最初の五・七・五の句を指す言葉である。

江戸時代のはじめは連句が主流だったが、時代が下るにしたがって、しだいに発句《ほっく》を中心として楽しむようになった。そして、明治時代に正岡子規《まさおかしき》らの「俳句革新運動」が起こると、発句が完全に独立して扱われるようになり、現在の五・七・五の定型詩としての「俳句」が定着するのである。

俳諧の起源

「俳諧（誹諧）」とは、「滑稽」とか「戯れ」といった意味の言葉であるが、江戸時代の「俳諧」は、もともとは「連歌《れんが》」の一部分だったものが発達し、江戸時代の初めに独立した文芸である。そもそも、わが国の文学史上、「俳諧（誹諧）」という言葉は、『古今集』巻十九雑に「誹諧哥」として滑稽味のある歌が五十八首収録されているのが起源であるとされる。そして、中世の連歌でも滑稽な要素の強い作品が流行し、これを「俳諧之連歌《はいかいのれんが》」、または単純に「俳諧」と呼んだ。はじめは通常の連歌の余興として行われていたが、しだいに独立性を強めた。二条良基《よしもと》の『菟玖波《つくば》集』（文和《ぶんな》五年〈一三五六〉）では「雑体連哥」の部に「誹諧」の項目があるが、宗祇の『新撰菟玖波集』（明応《めいおう》四年〈一四九五〉）に「誹諧」の部はない。これは、良基の頃には連歌の一分野であった「俳諧」が、宗祇の頃にはすでに独立したものとして扱われていたからだと考えられている。

室町《むろまち》俳諧

山崎宗鑑《そうかん》の『新撰犬筑波集（犬筑波集、誹諧連歌抄とも）』（天文八年〈一五四〇〉頃）が最初の俳諧撰集として、また荒木田守武《あらきだもりたけ》の『守武千句』（天文九年〈一五四一〉）が正式な連歌に準じた最初の俳諧として知られる。そのため、宗鑑と守武は近世俳諧の始祖として後世に並称される。なお、比較的近年になって『竹馬狂吟集』（編者未詳、明応八年〈一四九九〉）が発見され、『新撰犬筑波集』に先行する俳諧撰集として注目されている。

当時の俳諧は、滑稽や機知を特徴とし、卑俗な笑いを誘うものも多い。たとえば、『犬筑波集』には「かすみ《霞》のころも《衣》すそ《裾》はぬれ《濡》けり」という前句に「さを姫のはるたちながらしと《尿》

をして」、「にが〳〵敷もおかしかりけり」という前句に「我おや《親》の死《しぬ》る時にもへ《屁》をこきて」などという付句が収録されている。

貞門《ていもん》俳諧

江戸時代前期に流行した松永貞徳《ていとく》と門人たちの俳諧を言う。貞徳は、松永弾正久秀の孫、連歌師松永永種の次男として京都に生まれ、九条稙通《たねみち》、細川幽斎《ゆうさい》、里村紹巴《じょうは》らに和歌・連歌等を学び、当代文壇の第一人者として活躍した。貞徳は俳諧の特徴を「俳言」（和歌・連歌には用いない俗語や漢語の類）の使用と規定したが、このことは文学用語の拡大という効果をもたらした。また、式目《しきもく》（ルール）を定めたので、俳諧は全国に普及した。連句の付合《つけあい》は言葉の縁で付ける物付《ものづけ》が多い。縁語・掛詞を使用し、上品で機知に富んだ言語遊戯が特徴である。

たとえば、貞徳は先にあげた『犬筑波集』の付句《つけく》にみえる卑俗さを嫌い、「かすみのころもすそはぬれけり」という前句には「天人やあまくだるらし春の海」、「にが〳〵敷もおかしかりけり」という前句には「名を取りし人が勝負に打ちまけて」などと、新たに貞門風の付句に案じ変えてみせている。そして、「和歌は云にたらず、連歌はいかいみな人の教誡のはしとなるやうにこゝろへざるは、何の名誉ありても無詮事《せんなきこと》なり（和歌はもちろん、連歌も俳諧も、すべて教育に役立つようにと心がけていなければ、どんなに評判の句を作っても無駄なことだ）」と述べている（貞徳編『新増犬筑波集《しんぞういぬつくばしゅう》』寛永二十年刊）。

談林《だんりん》俳諧

上記のような貞門俳諧の保守的傾向は、ともすれば笑いや機知に徹底さを欠いていた。それに異議を唱え、当世風の新たな風俗詩を求めて「守武流《もりたけりゅう》」を標榜したのが談林俳諧である。ただし、貞門と談林では、俳諧に対する姿勢に本質的な違いはない。貞門俳諧を基礎に滑稽・機知のさらなる拡大を押し進めたものが談林俳諧であって、より享楽的・遊戯的気分を帯び、自由奔放・洒脱な俳風となっている。大坂の天満宮連歌所宗匠であった西山宗因《そういん》を盟主とし、井原西鶴《さいかく》ら新興商業都市大坂の俳人が中心となって、やがて全国に広がった。

発句においては、「謡曲調《ようきょくちょう》」（謡曲のリズム感をそのまま生かした手法）や「破調《はちょう》」（五七五に当てはまらない奇抜さを求める手法）がさかんに行われた。付合手法としては、「無《む》心所着《しんしょじゃく》」（一句の意味をなさない程に難解で荒唐無稽な表現にする手法）・「ぬけ」（言葉や事物を暗示的に示す手法）・「飛体《とびてい》」（飛躍した連想を隠した手法）など、奇抜な表現が好まれた。また、一昼夜に詠む句数を競う矢数《やかず》俳諧のような「速吟《そくぎん》」も談林俳諧ならではの試みである。たとえば、西鶴は、貞享元年六月に、一昼夜で二万三千五百句を詠むという大記録を打ちたてた。

ただし、西鶴の二万三千五百句にしても、文芸としてどれだけ完成度の高いものであったかは疑問である（あまりの速吟に記録が追い付かず、巻頭の発句しか伝わっていない）。また、「謡曲調」の場合、宗因の「里人の渡りさふらふか橋の霜」に追随して、「生国は越前鱈で候ひき」とか、「小鮎なます首かき切て捨てんげり」などといった句がつくられたという。いずれも謡曲「実盛」の詞章「実盛生国は越前の者にて候ひしが」、「鞍の前輪に押しつけて首かき切つて捨てゝけり」による句だが、安易な発想であることは否めず、貞門俳人たちは、これを浅ましいことだと非難している（貞恕《ていじょ》編『蠅打《はえうち》』寛文四年刊）。

このように、談林俳諧は、新奇な題材・形式・手法を追求することが行き過ぎ、天和二年（一六八二）の宗因死去を契機として急速に衰退した。

蕉風《しょうふう》俳諧

松尾芭蕉とその一門の俳諧をいう。芭蕉が克服しようとしていたものは、貞門や談林の言語遊戯的な俳風であった。本書で示したように、若い時期の芭蕉も貞門風から出発し談林風に転じたが、深川転居以降の試行錯誤の結果、談林調の持つ奔放さや奇抜さを超克し、精神性や風狂性を追求して蕉風俳諧を確立するに至った。また、当時流行していた「点取《てんとり》俳諧」を否定したことも芭蕉の特徴である。「点取俳諧」とは、発句や連句を宗匠（点者《てんじゃ》）に見せて採点（批点《ひてん》・加点）してもらい、その点数を競う俳諧である。宗匠にとっては貴重な収入源であったが、芭蕉はこれを嫌って「点者をすべきより、乞食をせよ」（『石舎利集』）と言ったと伝えられている。そして、「奥の細道」の旅を契機として「不易流行」を説き、晩年には「かるみ」の境地を目指して、俳諧を芸術として完成させた。

このように、貞門俳諧や談林俳諧では達成できなかったレベルまで俳諧を引き上げた功績は大きい。また、多くの門弟を育て、後世の俳人たちにも絶大な影響を与えた。芭蕉と蕉風俳諧の意義は、たんに芭蕉の作品だけを読むだけでなく、前述したような貞門俳諧や談林俳諧、また同じ元禄期に活動した他の俳人たちと比較することで、より明確になるはずである。

芭蕉没後の俳諧

さて、芭蕉没後の俳諧は、しだいに大衆化が進んだ。そうした流れに反対して起ったのが、明和《めいわ》・安永《あんえい》・天明《てんめい》期（一七六四〜一七八九）期における「蕉風復興運動」である。文人趣味の影響もあって、この時期には蕪村のように精神性の高い作品を残した俳人も多い。そこで、この時期を「中興期《ちゅうこうき》」と呼ぶこともある。

ところが、つづく文化《ぶんか》・文政《ぶんせい》期（一八〇四〜一八三〇）期から幕末から明治（一八六八〜一九一二）になると、俳諧はますます大衆化し、幕末期になると月並句合《つきなみくあわせ》が流行する。月並句合とは、毎月不特定多数の人々から投句《とうく》を募集するもので、主催者が題（四季の詞による）を出し、応募者は句作して入花料《にゅうかりょう》（一句につき八文から二十文程度）を添えて投句する。それを宗匠が選句して発表（開巻）し、高点者には景品を出すというものであった。これが大流行し、毎月の催しの場合は数千句、一回限りの催しの場合は一万数千句が集まった。しかも、このような催しが三都を中心にいくつも行われていたのであるから、俳諧の大衆化の有様が想像できよう。

しかし、こうした傾向は、芭蕉の目指した精神性の高い俳諧とはかなり異質である。正岡子規が批判して以来、現在でもこの時期の俳諧は「月並調《つきなみちょう》」と呼ばれ、評価は非常に低い。ところが、見方を変えれば、幕末・明治期は、社会のあらゆる階層の人々にまで俳諧が行き渡った時代であった。たしかにこの時期の俳諧に低俗な面があったことは否定できないが、俳諧人口の増加とともに、俳諧を通じて全国の人々はそれまでにはなかったようなネットワークを築いてもいた。ある意味では、俳諧に活力のある魅力的な時代だったのである。

おわりに

芭蕉が到達した俳諧の芸術性は大変重要な問題である。しかし、あまりそれだけに重きを置いて俳諧を見てしまうと、芭蕉以後の俳諧は、たんなる堕落の歴史になってしまう。それでは本来的に俳諧が持っていて、当時の俳人たちが享受していたはずの〝楽しさ〟や〝豊かさ〟といった側面が、見落とされてしまうように思う。芭蕉の出現によって俳諧の庶民性や滑稽色といったものが薄まり、俳諧が痩せてしまったと指摘する立場もある。すなわち、芭蕉俳諧の芸術性の高さはそれとして大変重要で今後も検討されるべきだが、多くの一般大衆が楽しんだ俳諧の娯楽性や社交性などに注目し、文化史的社会現象として俳諧や芭蕉を考えることもこれからは重要になるだろう。

読書案内

『校本芭蕉全集』（全十巻・別巻一）　阿部喜三男ほか　富士見書房　一九八八〜九一
研究の基本となる貴重な全集であるが、現在は品切絶版である点が惜しい。
『芭蕉七部集』（新日本古典文学大系70）　白石悌三ほか　岩波書店　一九九〇
脚注が付いているので、発句はもちろんだが、連句も理解しやすい。
『松尾芭蕉集』（1）・（2）（新編日本古典文学全集70・71）　井本農一ほか　小学館　一九九五・九七
頭注・本文・現代語訳の三段組で、古文が苦手でも理解しやすい。
『新版　おくのほそ道　現代語訳／曽良随行日記付き』（角川ソフィア文庫）　潁原退蔵・尾形仂　角川書店　二〇〇三
詳しい解説と豊富な資料、そして現代語訳が付くので理解しやすい。旅の実際の行程がわかる『曾良随行日記』や歌枕解説なども併せて収録。文庫本で読みやすい。

○

『芭蕉』（新潮古典文学アルバム18）　雲英末雄　新潮社　一九九〇
芭蕉の全貌を、多くの写真を用いて分かりやすく魅力的に解説する。
『上野市史　芭蕉編』　上野市　上野市　二〇〇三
上野市史全6冊中の一冊。芭蕉存命中の記述はもちろんであるが、没後の芭蕉受容についても充実した解説を加える。さらに、多くの図版や資料も有益である。

『芭蕉書簡大成』　今榮藏　角川学芸出版　二〇〇五

芭蕉を知るための根本資料である真筆書簡二二九通を、執筆年月日順に収め、詳注と解説を付したもの。

『芭蕉年譜大成』（新装版）　今榮藏　角川学芸出版　二〇〇五

生涯と業績の全貌を一冊にまとめたもの。俳句と書簡、主要な俳論・俳文を網羅する。

『芭蕉の孤高　蕪村の自在』　雲英末雄　草思社　二〇〇五

芭蕉の俳諧を同時代の俳人たちと比較し、芭蕉の俳諧のどこが優れているかを示す。また、芭蕉の筆跡に関する解説も興味深い。蕪村の項では俳諧と絵画の関係を解説する。

『カラー版　芭蕉、蕪村、一茶の世界』　雲英末雄ほか　美術出版社　二〇〇七

芭蕉はもちろん、貞門俳諧から幕末・明治期の俳諧までをカラー図版で俯瞰できるように編集している。俳諧資料のバリエーションの大概が一冊で明快に分かる。

『芭蕉「かるみ」の境地へ』（中公新書）　田中善信　中央公論新社　二〇一〇

『貝おほひ』以降の作品を丹念に読みながらその足跡を追う。いわゆる「俳聖」としてではなく、一人の人間としての実像を描こうとする意図で書かれている。

『芭蕉全句集　現代語訳付き』（角川ソフィア文庫）　雲英末雄・佐藤勝明　角川書店　二〇一〇

全発句を季語別に配列し、現代語訳と語釈を付したもの。季語の解説も充実している。「解説」はもちろんだが、「人名一覧」「地名一覧」「底本一覧」「全句索引」を備え、文庫本ながら充実した内容で読みやすい。

【付録エッセイ】

「や」についての考察

山本健吉

山本健吉『俳句の世界』「俳諧についての十八章」より

（新潮選書　昭和三十一年九月）

古池や蛙とび込む水の音　芭蕉

下京や雪つむ上の夜の雨　凡兆

鱈舟や比良より北は雪げしき　李由

この三句を並べてみたのは、皆下の七五が先に出来て、冠の五文字があとから置かれたといふ言伝《いいつた》へを持つてゐるからである。「古池」の句は『葛の松原』の言伝へによれば、初五を案じてゐる芭蕉の傍らに在つて、其角が「山吹や」と置くことを進言したが、芭蕉はしりぞけて「古池や」と置いたといふ。「下京」の句は『去来抄』によれば、芭蕉をはじめいろいろと置いてみて、この冠にきめたのだが、凡兆は「あ」と答へてまだ得心の行かぬ顔だつたので、芭蕉は「汝手がらに此冠を置くべし、若まさるものあらば、我二たび俳諧をいふべからず」といつたといふ。「鱈舟」の句は『青根が峯』によれば、久しく五文字がなかつたのを、李由《りゆう》の友許六が芭蕉に尋ねて「鱈舟や」と据ゑてもらつたものと言ふ。

この三句は形の上では非常に似てゐる。すなはち初五に「や」の切字を入れ、下五を体言《たいげん》

山本健吉《やまもとけんきち》（文芸評論家）〔一九〇七―一九八八〕『古典と現代文学』『芭蕉』。

で結んで、乙字《おつじ》の言ふ二句一章の典型的な構成様式を取つてゐる。この形は俳句では一番ありふれた形であり、初学者が誰でもすぐに試みてみる形であり、秋桜子《しゅうおうし》氏や誓子《せいし》氏以後は作家たちが意識的に避けようとしてゐる形である。すなはちもつとも俳句らしい、あるいは俳句くさい形なのである。

　初五における「や」の発見は、形の上での俳諧の発見だつたと言へるであらう。私は「や」の使用法の歴史を探つたことはないが、このやうな「や」の使用が和歌になかつたことだけは確かである。文法的に言へば、「や」は疑問ともなり、反語ともなり、命令ともなり、希望ともなり、驚嘆ともなり、呼掛けともなる。和歌では「かつらぎや高間」「おしてるや難波」「そのはらや伏屋」のやうな枕詞としても用ゐられ、また「みよしのや」「をはつせや」「須磨の浦や」などと間投助詞的に挿入されるやうにもなつた。そして主としてこの枕詞的用法から導き出されて、発句《ほっく》においてもつとも重要な切字《きれじ》の一つとして固定化するためには、さまざまな語意・語感の変遷《へんせん》の歴史を経てゐることだけは確かなことだ。「や」といふ感嘆詞（乃至助詞）の持つ深い含蓄を発見したのが俳諧、ことに正風《しょうふう》の発句であつたと思はれるのである。このやうな「や」が詠嘆の心を主軸としてゐるのは確かだとしても、その上に俳句独特の微妙なニュアンスを附け加へてゐることも事実である。「や」と置いて、作者によつて切取られた客観世界の実在感を、はつきりと指し示す、詩人的認識の在り場所を冒頭確かに教へるのだ。だから、これに続く七五は、そのやうな認識、そのやうな実在感の具象化であり、言はばリフレーンであり、「もどき」に過ぎないのだ。初五によつて示された力強い、大胆な、即時的・断定的・直覚的把握が、七五によつて示された具象的・細叙《さいじょ》的な反省された把握によつて上塗りされ、この二重映しの上に微妙なハーモニーを醸し出すのだ。

だから「古池」の句は、厳密に言へば二つのものの取合せではなく、一つの主題の反復であり、積重ねであると言ふべきである。「行く春や鳥啼き魚の目は泪」「夏草や兵どもが夢の跡」「明ぼのや白魚白きこと一寸」「閑かさや岩にしみ入る蟬の声」「荒海や佐渡に横たふ天の川」「秋風や藪も畑も不破の関」「淋しさや華のあたりのあすならふ」など皆さうである。

ところで許六は、「鱈舟といふ五文字は取合もの也。下京といふ五文字には、例の翁の血脉を入れられたり」と言つてゐる。これは確かな見方だと思はれる。鱈舟と雪景色との間には、二物を一に化せしめるやうな微妙な関係は存在せず、初五と七五と並立的な配合的関係の上に立つてゐる。芭蕉はある時は「発句は汝が如く、物二ツ三ツとりあつめて作るものにあらず、こがねを打のべたるやうにありたし」と言ひ、ある時は「発句はとり合物也。二ツとり合て、よくとりはやすを上手と云也」と言つてゐる。前は洒堂に語つた言葉であり、後のは許六に教へた言葉である。芭蕉自身取合せの効用を認め、「寒月や粉糠のかゝる臼の端」「菊の香や奈良には古き佛たち」「明月や座にうつくしき顔もなし」のやうな卓《すぐ》れた作例も作つてゐるが、彼の理想がこのやうな所に在つたわけではないのだ。

「古池」の句を其角のやうに「山吹」と置けば取合せとなり、二物映発の上に濃厚な季的情趣を発散させてゐるのである。だが芭蕉はこれでは満足出来なかつた。さりげなく「古池」と置くことによつて強い詠嘆の語調も押殺し、句を一枚の黄金と化す。三宅嘯山《しょうざん》は「晋子ガ山吹ト置ルハ、花ヤカニシテ面白ミヲアラハシタリ。下ニ水アルヲ古池ト定ラレシハ、愚ニ返リテ旨ミヲ払ヘルナリ」（雅文せうそこ）と批評してゐる。
私は李由の句は、下の七五だけだと琵琶湖畔からの遠景のやうに思へるのだが、「鱈舟」と置くことによつてこの句は若狭湾の景に変貌してしまふやうで、どうも句の安定感を受取れないのである。それともこれは漁船ではなく、鱈を積み込んだ湖上の舟なのか。とまれこの句が彦根体の取合せの句であることは事実であらう。それに対して「下京」の句は取合せではない。おそらく凡兆が「下京や」の冠をすぐには納得しなかつたのは、客観句に長じてゐた彼の傾向として、ここにはつきりした景物を取合せて、いつそう情景を具体的に描き出さうと苦心してゐたからだと思はれる。ところで芭蕉は、「雪つむ上の夜の雨」といふ印象明瞭な風景句の上に、極めて漠然とした大摑みな「下京や」の五文字を冠せてしまつたのである。これほど二人の詩人的気質の高下を物語る話はないのである。この飽くまでも明確な下十二字の表現を、この上五はソフトフォーカスのやうに柔かく包みこむのだ。下京とは御所以南（今は四条以南）の商家の多い区域であり、門口が狭く奥行の長い、暗い人家を想像する。「しぐるゝや黒木つむ家の窓あかり」（凡兆）も中庭から明りを採る暗い下京の家を私は想像するのである。「下京や」は動きさうで動かない、「下京」が「雪つむ上の夜の雨」の象徴となり、この五七が「下京」の具象化となる。この初五によつて、鋭く捉へてはあるが単なる写生句に過ぎなかつたものが、不思議な魅力を持つた句に転化したのである。

（一九五二）

＊初出の表記は、旧字であったが、新字に訂したことをおことわりする——笠間書院編集部

伊藤善隆（いとう・よしたか）
＊1969年東京都生。
＊早稲田大学大学院博士後期課程単位取得満期退学。博士（文学）。
＊現在　湘北短期大学教授。
＊主要著書
『古典俳文学大系 CD—ROM 版』（共編・集英社）
『カラー版　芭蕉、蕪村、一茶の世界』（共著・美術出版社）ほか。

芭蕉《ばしょう》　コレクション日本歌人選　034

2011年10月31日　初版第1刷発行
2015年7月25日　再版第1刷発行

著者　伊藤善隆
監修　和歌文学会

装幀　芦澤泰偉
発行者　池田圭子
発行所　有限会社 笠間書院
東京都千代田区猿楽町2-2-3［〒101-0064］
NDC 分類 911.08　電話　03-3295-1331　FAX 03-3294-0996

ISBN978-4-305-70634-8 印刷／製本：シナノ
 （本文用紙：中性紙使用）
出版目録は上記住所または info@kasamashoin.co.jp まで。

コレクション日本歌人選　第Ⅰ期〜第Ⅲ期　全60冊完結！

第Ⅰ期　20冊　2011年（平23）2月配本開始

1	柿本人麻呂	かきのもとのひとまろ	高松寿夫
2	山上憶良	やまのうえのおくら	辰巳正明
3	小野小町	おののこまち	大塚英子
4	在原業平	ありわらのなりひら	中野方子
5	紀貫之	きのつらゆき	田中登
6	和泉式部	いずみしきぶ	高木和子
7	清少納言	せいしょうなごん	圷美奈子
8	源氏物語の和歌	げんじものがたりのわか	高野晴代
9	相模	さがみ	武田早苗
10	式子内親王	しょくしないしんのう（しきしないしんのう）	平井啓子
11	藤原定家	ふじわらていか（さだいえ）	村尾誠一
12	伏見院	ふしみいん	阿尾あすか
13	兼好法師	けんこうほうし	丸山陽子
14	戦国武将の歌		綿抜豊昭
15	良寛	りょうかん	佐々木隆
16	香川景樹	かがわかげき	岡本聡
17	北原白秋	きたはらはくしゅう	國生雅子
18	斎藤茂吉	さいとうもきち	小倉真理子
19	塚本邦雄	つかもとくにお	島内景二
20	辞世の歌		松村雄二

第Ⅱ期　20冊　2011年（平23）10月配本開始

21	額田王と初期万葉歌人	ぬかたのおおきみ　しょきまんようかじん	梶川信行
22	東歌・防人歌	あずまうた　さきもりうた	近藤信義
23	伊勢	いせ	中島輝賢
24	忠岑と躬恒	みぶのただみね　おおしこうちのみつね	青木太朗
25	今様	いまよう	植木朝子
26	飛鳥井雅経と藤原秀能	まさつね　ひでよし	稲葉美樹
27	藤原良経	ふじわらのよしつね（りょうけい）	小山順子
28	後鳥羽院	ごとばいん	吉野朋美
29	二条為氏と為世	にじょうためうじ　ためよ	日比野浩信
30	永福門院	えいふくもんいん（ようふくもんいん）	小林守
31	頓阿	とんな（とんあ）	小林大輔
32	松永貞徳と烏丸光広	ていとく　みつひろ	高梨素子
33	細川幽斎	ほそかわゆうさい	加藤弓枝
34	芭蕉	ばしょう	伊藤善隆
35	石川啄木	いしかわたくぼく	河野有時
36	正岡子規	まさおかしき	矢羽勝幸
37	漱石の俳句・漢詩		神山睦美
38	若山牧水	わかやまぼくすい	見尾久美恵
39	与謝野晶子	よさのあきこ	入江春行
40	寺山修司	てらやましゅうじ	葉名尻竜一

第Ⅲ期　20冊　2012年（平24）6月配本開始

41	大伴旅人	おおとものたびと	中嶋真也
42	大伴家持	おおとものやかもち	小野寛
43	菅原道真	すがわらのみちざね	佐藤信一
44	紫式部	むらさきしきぶ	植田恭代
45	能因	のういん	高重久美
46	源俊頼	みなもとのとしより（しゅんらい）	高野瀬恵子
47	源平の武将歌人		上宇都ゆりほ
48	西行	さいぎょう	橋本美香
49	鴨長明と寂蓮	ちょうめい　じゃくれん	小林一彦
50	俊成卿女と宮内卿	しゅんぜいきょうじょ　くないきょう	近藤香
51	源実朝	みなもとのさねとも	三木麻子
52	藤原為家	ふじわらためいえ	佐藤恒雄
53	京極為兼	きょうごくためかね	石澤一志
54	正徹と心敬	しょうてつ　しんけい	伊藤伸江
55	三条西実隆	さんじょうにし　さねたか	豊田恵子
56	おもろさうし		島村幸一
57	木下長嘯子	きのした　ちょうしょうし	大内瑞恵
58	本居宣長	もとおりのりなが	山下久夫
59	僧侶の歌	そうりょのうた	小池一行
60	アイヌ神謡ユーカラ		篠原昌彦

『コレクション日本歌人選』編集委員（和歌文学会）
松村雄二（代表）・田中　登・稲田利徳・小池一行・長崎　健